JN152002
愛とか恋とか、くだらない。
Love, romance,
and all that nonsense
雲雀湯
Ill. 美和野らぐ

河合祐真（かわいゆうま）
倉本涼香（くらもとすずか）

倉本晃成
くらもとこうせい
油長莉子
あぶらながりこ

「いいじゃん、どうせうちら初めてってわけじゃないし」
「子供の頃のそれとは——んっ!?」

「しちゃったね」

祐真が本能と理性の狭間で
ほとほと困り果てていると、
ふいに涼香がスカートのポケットから
あるものを取り出し、握らせてくる。
それが何か――コンドーム、
避妊具だと認識した祐真は目を見開き、
涼香ははにかみながら囁いた。

「あたしさ、今日はあの日のやり直しに来たんだ」

Love, romance, and all that nonsense

愛とか恋とか、くだらない。　雲雀湯　Ill.美和野らぐ

登場人物

河合祐真（かわいゆうま）
高校二年生。
涼香と晃成とは幼馴染。

倉本涼香（くらもとすずか）
高校一年生。
晃成の妹で、先日16歳になった。

倉本晃成（くらもとこうせい）
高校二年生。
涼香の兄で、仲間内のムードメーカー。

油長莉子（あぶらながりこ）
高校一年生。とあることがきっかけで、
中学から祐真たちと仲良くなった。

Love, romance, and all that nonsense.

プロローグ

三方を山に囲まれ、近郊都市部のベッドタウンという側面が強い地方都市。

河合祐真には幼稚園からの腐れ縁の親友、倉本晃成がいた。

近所を自転車で駆けまわり、公園では缶蹴り、靴飛ばし、泥団子づくり。

森のある神社の裏手では虫捕りや秘密基地作り、家ではゲーム。何をするにも一緒。

そしてもう一人、祐真と晃成の後ろをついてきて、時には二人を振り回す女の子がいた。

『向こうの用水路にザリガニいるんだって！　釣ってみようよ！』

『ね、ね、ゲームで誰が一番早くこの素材集めきれるか競争しない？』

『あそこの神社の森、ツチノコとかいそう！』

晃成の一つ下の妹、涼香。

涼香もまた、すぐ傍で祐真たちと一緒に育ってきた。

いろんな所で遊んで、悪戯をして、怒られて、怪我をしたり、失敗もしたり。

そんなお互いの良いところも、悪いところも、恥ずかしいところも知り尽くす間柄。

祐真にとって涼香は掛け替えのない相手で、きっと涼香も祐真のことをもう一人の兄のような存在に思っているのだろう。

確かな絆（きずな）があり、きっといつまでもこんな関係が続いていくと、その頃は無邪気に信じていた。

初めてその綻（ほころ）びを感じたのは、涼香の中学の入学式でのこと。

当たり前だといえば当たり前なのだが、涼香は女子の制服を着ていた。

だけど祐真は、どうしてかポツリと驚きの言葉を漏らした。

『涼香がスカートだ』

『びっくりだろ、祐真。涼香も一応、女子だったらしい』

『あたしも違和感があるよぅ。これ、下にジャージ穿（は）いちゃダメかな？』

『入学式くらいは我慢しろよ』

『だよねー』

今まで男だとか女だとか、あまり考えたことはなかったけれど。

思えばこの時、祐真は初めて涼香を異性だと意識させられた。

第一話　親友の妹に、やれるもんならと挑発された結果

街路樹が瑞々しい若葉に覆われる五月の初め。

ゴールデンウィーク明けともなれば昼間は汗ばむ陽気になるものの、朝はまだまだ肌寒いとある日、その通学路。

祐真はいつもの待ち合わせ場所に現れた腐れ縁の親友、晃成の先日までと違う姿に、驚きの声を上げた。

「晃成、どうしたんだ、その頭？」

祐真の問いかけに晃成は少し照れ臭そうに、しかしドヤ顔で応える。

「へへっ、莉子の奴に教えてもらった美容院に行ってきたんだ。で、どうよ？」

「油長に？　いや、見違えた。びっくりだよ」

「そっか……変じゃないよな？」

「あぁ、見た目だけなら全然イケてる。見た目だけなら」

「ははっ、うっせ！」

素っ気なくも感じる祐真の返答に、しかし満更でもない晃成。ニヤニヤしながらスマホを弄り始める。

祐真はつい先日、いつもの面子(メンツ)こと晃成の妹である涼香(すずか)とその友人である莉子と共に、遊びに行った時のことを思い返す。この近隣では最大の複合商業施設、通称金魚モール――このあたりの特産品が金魚で、それに乗っかったデザインをしている――で世界のプリン博が開催されていると聞き、冷やかしに行った時のことだ。あの時の晃成は伸びるに任せたボサボサ頭だった。

それが今や短く刈り込まれ明るい色に染められている。元から体格に恵まれていたこともあり中々どうして、爽(さわ)やかな男前になったと言ってもいいだろう。

ここ最近、晃成は妙に色気づき始めた。

少し前からせっせと筋トレをし始め、女子受けするスポット調べにも余念がない。

それもこれも、ハマっているソシャゲに課金するためファミレスでバイトをするようになってからだ。

最初は課金の為(ため)に仕方なく働いていた様子だったが、ある日を境にうきうきそわそわ楽しげに出掛けるようになった。そして「年上、いいなぁ」「大学生と高校生のカップルって、普通だろ?」「三歳差って、そこまで気にするものじゃないよな?」なんてことをしきりに言いだせば、何があったか察せられるというもの。

どうやらバイト先の女子大生の先輩を好きになってしまったらしい。

親友が恋に浮かれる姿というのは、自分のことではないものの、見ていて気恥ずかしいものがある。

むず痒そうに「はぁ」とため息を吐く佑真。

すると晃成の背後から、祐真と同じような表情をしている女の子が現れた。少し寝ぐせがついた長い黒髪を、無理やり二つに纏めておさげにしている。ブレザーを無造作に羽織り、スカートも既定の長さそのままで野暮ったく、お洒落に無頓着で地味な印象の子。

晃成の妹であり、兄同様長い付き合いの涼香だ。その涼香が、げんなりしたように言う。

「お兄ちゃん、昨日からずっとあの調子なの」

「完全に浮かれてるな」

「何度も似合ってるかどうか聞かれてさ、乙女かってーの！」

「あははっ、あの晃成がねぇ」

その晃成へと目をやれば、周囲の目を気にしてかやけに落ち着かない様子。

せっかく見違えるほどになったのだから、もっと胸を張ればいいと思うものの、どうにも自信が持てないでいるらしい。祐真と涼香は顔を見合わせ苦笑する。

すると涼香は「あ、そうだ！」と声を上げ、スマホのとある画面を見せてきた。

「ところでこれ気にならない？　特盛レインボー生クリームの激甘ハニートーストだって！」

「うわ、なにこれ見てるだけで胸焼けしてくるんだけど！　なんだよ、この挑戦者求むって」

「いっやー、これは行ってみないとでしょ！　ゆーくん、万全の状態で完食に行こうぜ！」

色恋に熱を上げる兄と違って、花より団子な様子の涼香。瞳を爛々と輝かせながら、明らかな甘味の地雷へと誘ってくる。

涼香は昔から好奇心が強く、こうしてよくわからないことで振り回されることが多い。

祐真は、こめかみに手を当てながら答える。

「なぁ、そんな感じでこないだ行ったホルモン焼き専門店での悲劇、忘れてねーぞ」

「あはは……いっやー、はちのすやせんまいって名前だっけ？　あれは見た目がエグくて、中々口に運ぶの、度胸が必要だったよね～」

「あと、どこまで焼いていいかわからなくて、いくつか黒焦げにしちゃったりもしたな」

「でも不思議と怖いもの見たさというか、意外と美味しかったというか、また食べたくなってたり！　まぁそれよりハニトーだよ、ハニトー。十六歳最初の挑戦はこれだね！」

そんなことを言って、つい先週誕生日を迎えた涼香はにししと笑う。

また、なんだかんだと付き合ってしまうだろう未来を想像し、苦笑を零す祐真。

すると、こちらのことが気になった晃成が、スマホから顔を上げて口を挟んできた。

「なぁ、何の話をしてるんだ？」

「いや、晃成が例のバイトの先輩にカッコイイと思ってもらえるといいなって」

「お兄ちゃん、そわそわし過ぎて先輩の前で挙動不審にならないようにね」

「なっ!?　べ、べつにそれはその、先輩は関係ないし……っ！」

「はいはい」

「……はぁ」

「おい、聞いてるのか祐真(ゆうま)！　涼香(すずか)も！」

咄嗟(とっさ)に先輩のことへと話題転換、口を揃(そろ)えて揶揄(からか)うように言えば、晃成(こうせい)は顔を真っ赤にして躍起になって否定する。

　そんな親友の姿に、祐真と涼香は眉(まゆ)を寄せ、やれやれと肩を竦(すく)めた。


　いつもの時間、いつもの場所から三人で電車に乗り、揺られること三駅。

ドアが開くと示し合わせたかのように、一人の女の子が片手を上げ挨拶(あいさつ)しながら乗り込んでくる。涼香と同じ制服を着崩した小柄で派手な印象の彼女は、すっかり様変わりした晃成を見るなりみるみる目を大きく見開き、そして悪戯(いたずら)っぽい笑みを浮かべた。

「おっはろ～ん……ってうわヤバッ、晃成先輩ホントにイメチェンしてる！」

「おう、早速莉子(りこ)に紹介してもらった美容院、行ってきたぜ」

「あそこ、腕いいっしょー。うんうん、あの晃成先輩が見られるようになりましたもん、見た目は！」

「うるせぇ、祐真と同じこと言うなし！」

「きゃはっ」

じゃれるように晃成にからむのは、油長莉子。一つ年下で涼香の中学以来の親友ということもあり、祐真たちともよく一緒に遊ぶ気安い仲だ。

晃成は莉子に揶揄われつつも、イメチェンの結果に悪くない手ごたえを感じニヤニヤすれば、それを余計に莉子に弄られるということを繰り返している。

そんなお馴染みとも微笑ましいともいえる毎度の光景に、祐真と涼香も顔を見合わせ苦笑い。

（油長は……）

祐真が彼女の心境を慮って眉根を寄せていると、ひとしきり晃成を弄り終えた莉子が肌をツヤツヤさせながらやってきた。

「ね、すずちゃん。なんだかんだで晃成先輩って素材はよかったし、イケてるようになったっしょー」

「そだねー、我が兄のことながらビックリ」

「すずちゃんもさー、同じところ紹介しようか？　てか行こうよ。絶対可愛くなるって！」

「ん～、あたしは別にいっかなー。なんか色々メンドクサイし」

「うわ出た。相変わらずの女捨ててます発言っ！　河合先輩も何か言ってくださいよー」

水を向けられた祐真は、ちらりと涼香の姿を見やる。

全体的に地味な印象はあるものの、涼香はスラリと均整のとれたスタイルをしているし、目鼻立ちも整っている。

確かに莉子の言う通り、素材として良いものを持っているのだろう。しっかり手入れすれば、晃成のように化けるに違いない。

その涼香はといえば、あぁまたかと困ったような顔をしていた。

きっと、事あるごとに似たようなことを言われているのだろう。

祐真は苦笑と共に言葉を返す。

「そうかもな。でも結局決めるのは本人だし」

「ええ～、もったいない！　晃成先輩でさえこうなんだし！」

「うんうん、中学時代モサモサだった莉子でさえ、今はこうだもんな」

「っ！　～～～～っ、晃成先輩っ！」

晃成のツッコミに、そのことに触れるなとばかりに唇を尖らせ拳を振り上げる莉子。

中学時代の莉子といえば今とは真逆で、目は前髪で隠れて三つ編みおさげ、スカートは膝も見えない長さで全体的に暗くて野暮ったかった。

「おぉ、こわいこわい！」

「もぉ！」

「あはは」

「……はぁ」

再び始まるいつもの光景に皆の笑い声が上がり、しかし祐真は鼻白んだ目をそっと二人から逸らした。

昇降口で学年の違う涼香や莉子と別れ、二年一組の教室へと向かう。

「はよーっす」
「おはよー」
「よーっす……って、倉本どうしたんだ、その髪!?」
「え、うそ、マジで倉本!? 一瞬誰だかわからなかった!」
「いやぁ、実は後輩に色々教えてもらってさ――」

挨拶と共にドアを開ければ、晃成はたちまちクラスメイトたちに囲まれた。

それはそうだろう。

今までの晃成はといえば、祐真同様に地味で、特に目立つような存在ではなかった。クラスのどこにでもいそうなモブの一人。

その晃成が、ゴールデンウィークを挟んで突然垢抜けた格好になって顔を出したのだ。興味を持つなという方が難しい。

クラスメイトたちが各所からやってきては「どういう心境の変化?」「もしかして彼女!?」

「今度紹介しろよ」といった声を投げかける。

それに晃成がしどろもどろになって「か、彼女とかじゃないって！」「ば、バイト始めたから、身なりに気を付けようと……」と応えれば、自白しているようなもの。話はどんどん沸き立っていく。

祐真はそんな晃成たちの盛り上がりを邪魔しないよう、息を潜めて自分の席へと向かう。

すると鞄を置くと同時に、女子たちの囁き声が嫌でも耳に入ってきた。

「倉本くん、ヤバくない!?　正直大穴だったというかさ！」

「悪くないよね、ワンチャンありかも！　今カレシいないし」

「てか、こないだの西校の人どうなったのさ？」

「あー、あれは、いいじゃん、別に。そっちこそ、隣クラの人とどうなったのさ」

「その話、ちょっと詳しく！」

それらの話を聞きながら、祐真はくしゃりと顔を歪める。

どこもかしこも、晃成の変化を切っ掛けに恋愛の話ばかり。

まぁ高校生ともなれば、こういうものだろう。異性に興味を持つのは当然のこと。

きっとこのクラスだけでなく、どこにでもある光景に違いない。

（……っ）

胸にじくりと苦いものが滲んだ祐真は、ため息と共にそれらを吐き出し、そっとこの場を離れる。今日のこの教室の空気は、肌に合いそうになかった。


放課後になった。

この日の教室は結局一日中、晃成のことや恋愛絡みの話で持ち切りだった。

今日は散々居心地が悪い思いをした祐真は、チャイムが鳴るや否やそそくさと荷物を纏め家に帰ろうとしていると、「よぅ」と声を掛けられる。

「晃成？」

「あーその祐真、今日この後って暇か？」

「特に何もないが」

「じゃあ、さ、帰りうちに寄ってかね？」

「……いいけど」

晃成はなんとも歯切れが悪く、祐真を誘う。

今日一日あれだけ恋愛話の渦中にいたのだ。この流れで誘いの裏にあることが読み取れないほど、祐真も察しが悪いわけじゃない。

祐真は苦笑と共に、腐れ縁の親友と連れ立って学校を出る。

いつもならなんてことない無駄話をしながら向かうところだが、この日の晃成は落ち着きがなく、終始無言だった。

「先にオレの部屋に行っといてくれ。何か飲み物取ってくる」

「……別に今さらそんなこと気にしなくていいのに」

「まぁまぁ」

倉本(くらもと)家に着くなり、普段は出さない飲み物を取りに忙(せわ)しなく台所へと向かう晃成。祐真は眉(まゆ)を寄せながら晃成の部屋へと足を向ける。

最後に晃成の部屋に来たのは連休前。晃成が四月に十七歳、涼香(すずか)が五月初めに十六歳の誕生日を迎えたため、それをまとめて祝った以来だ。小学校から互いの部屋を行き来しており、晃成の部屋は勝手知ったるなんとやら、もう一つの自分の部屋という感覚すらある。

この部屋のゲームソフトや漫画、小物、フィギュアに文具も大抵の置き場所は把握しており、部屋主がどこへやったか忘れた時に、祐真が取り出して渡すなんてことも珍しくない。

だから、そんな部屋に男性用スキンケア用品や香水、恋愛に関する占いの本やデート特集と銘打たれたいくつもの女性雑誌が転がっていれば、違和感も一入(ひとしお)。

その辺に適当に腰を下ろし、雑誌を手繰り寄せしかめっ面で呟(つぶや)く。

「好きな人の脈有りサインを見逃すな……すごい煽(あお)り文句の雑誌だな。相手が自分を意識するような言葉を心掛けましょう、状況に応じて適切な距離を取るようにしましょう、相手のペースを考えずにアピールをしない……その通りだけど初心者にはそれが難しくないか？」

　思わずツッコミのように独り言ちる祐真。すぐに感情が態度に表れるため、こうした恋の駆け引きなんて出来なさそうな親友の姿を思い浮かべ、苦笑する。

（既に相手の人には、好きだってことバレてそうだな）

　そんなことを考えながらページを捲っていると、「おまたせ」と声を掛けられた。

「晃成」

「っ、あーえっと、それは……」

　祐真が読んでいる雑誌に気が付いた晃成は目を泳がせ、しどろもどろになり挙動不審。

　しばらく部屋の入り口で立ち尽くしていた晃成だが、やがて意を決したのか「よし」と自らを鼓舞するように呟く。祐真の目の前にグラスの載ったお盆を置き、どかりと胡坐をかいて対面に座る。

　そして照れ臭そうに人差し指で頬を掻きながら、口を開いた。

「あーその、オレらしくないものがあって驚いたか？」

「まぁ、な。前に来た時はなかったし、似合わねえなってびっくりした。けど今日の髪と合わせて考えると納得というか……成果、出てるじゃん」

「お、おう、そうかな……って、似合わねえは余計だろ！」

「ははっ、後はそのメッキが剥がれなきゃいいな」

「う、うるせいやいっ」

祐真の軽口に、照れたように頭を掻く晃成。

互いに笑いあうことしばし。

晃成はコホンと咳ばらいをし、やけに真剣な表情を作る。

祐真も本題が来たかと、背筋を伸ばす。

「その、さ……実は好きな人ができたんだ」

「……そっか。相手はバイト先の例の先輩か？」

「あ、あぁ……。でもオレ、こういうの初めてで……どうすりゃいいかさっぱり。こんなこと、祐真にしか相談できなくてさ……」

「俺も彼女が居たことないの知ってるだろ？　大したこと言えないぞ」

「それでもっ――あ、ちょっと待ってくれ」

その時、晃成のスマホが通知を告げた。画面に映る名前を見た瞬間、晃成は背後に花が咲かんばかりの笑顔を見せ、喜び勇んで通話をタップする。

「はい、倉本です先輩っ。え、急な欠員？　オレの予定？　ない、ないです、丁度暇してましたから！　今から行けばいいですか？　はい、はい、それでは……っ」

どうやら想い人かららしい。

祐真は苦笑しながら晃成に訊ねる。

「バイトの呼び出し？」

「あぁ、急なヘルプだってさ。その祐真、せっかく来てくれたところ悪いんだけど……」

「愛しの先輩からだろ？　いいから行ってこいって」

「すまん、この埋め合わせは必ずっ！」

「気にすんなって」

好きな人に頼りにされ、うきうきとスキップしそうな足取りで、嵐のように去っていく晃成。

祐真はすっかり上機嫌になった親友の姿を微笑ましく眩しそうに目を細めて見送り、そして吐き捨てるように呟く。


「──恋愛なんて、下らない」


くしゃりと顔を顰め、ぎちりと奥歯を噛みしめる祐真。

ややあって強張った身体を緩め、大きく息を吐く。

晃成の部屋に一人残され手持ち無沙汰になった祐真は、気を取り直しつつ、さてどうするかと考える。

これまでこうして部屋の主が居なくとも、適当にゲームや漫画なりで暇をつぶすこともちょくちょくあった。しかし今のこの部屋は見知らぬものが多く、落ち着かない。

珍しく出されたお茶が、お盆の上にぽつねんと置かれている。

それに手を伸ばそうとした時、開けっぱなしの入り口から声を掛けられた。

「あれ、ゆーくんだ」

涼香だった。ちょうど帰宅したのか制服姿のままだ。

「おかえり、涼香」

「お茶とか出して珍しい……っていうかお兄ちゃんは？」

「ついさっきバイトの呼び出しで、嬉々として出て行ったよ」

「例の先輩？」

「そ、例の先輩。今日はその先輩を好きになってしまったからどうしよう、って相談されて来たんだけどな」

祐真が呆れたように肩を竦めれば、涼香は意外とばかりに目を大きくする。

「え、お兄ちゃん、ゆーくんに相談したんだ？」

「態度でバレバレだったから、今更なとこあったけど」

「まぁねー、あたしには頑なに認めなかったくせに、そういう雑誌買ってこさせるしさ」

「涼香半分ネタで選んでないか？　『キス特集、雰囲気作りと一人で出来る練習方法』とか」

「あはっ、バレた？　でもまさかお兄ちゃんがそれ見て実際に手の甲を吸ってるのを目撃したり、舌を動かす練習のために氷を求めて頻繁に台所に行き来したりする姿を見せられるとは思わなかったよ」

「ははっ、まぁ晃成もそれだけ相手に本気なんだろ」

「そだねー、恋だのなんだのに浮かれて、ホント——


——バッカみたい」


「…………………涼香？」

さも下らないとばかりに零した涼香の言葉に祐真は目を見張り、マジマジと彼女を眺める。

涼香は思わず口にした自らの本音にしまったとばかりにバツの悪い顔を作り、「あー」と誤魔化すように唸り、目を泳がせることしばし。

やがて観念したように「はぁ」と大きなため息を吐くと共に、祐真の隣に腰を下ろしてポツポツと話し出す。

「三か月の壁、とか言うでしょ？」

「あぁ、別れるまでどうこうってやつ」

「そうそう、まぁあたしらもね、そういうお年頃なわけでして。女子の間でよく誰それが誰を好きだとか付き合ったとか、そういう話をするんだよね。りっちゃんもそういう話、大好きだし」

「油長、晃成にも嬉々としてアドバイスとかしてるもんな」

「でも付き合っても大抵すぐ別れちゃう。興味本位で付き合っただけ、思ってたのと違う、自慢になるから我慢してたけどもう無理、軽い女と思われててヤラせなかったからフラれた、とか色々」

「あるあるだな」

「一時の感情に身を任せて、ついこないだまで好きだった人なのに、別れた次の日には悪し様に罵って。それに巻き込まれる周囲のことも考えろってーの。ホント、付き合うってなんだろね。人間関係を滅茶苦茶にしてまでしたいもの？　あたしはそんな失敗、したくないなぁ」

しみじみと呟く涼香の言葉は、やけに祐真の胸に響いた。

ふいにかつての苦い経験を思い出し、自嘲気味にそのことを零す。

「失敗かぁ、……俺も失敗したことあるからな。罰ゲーム的なものでちょっかい出されていたのを本気にして、痛い目にあった。それ以来、恋愛に関しては思うところがあるよ」

「え、ウソ、ゆーくんにそんなことあったの!?　初耳なんだけど！」

「あぁ、まぁ、ちょっとな。晃成のやつにも言ってないし」

「へぇ……ってかゆーくん、その子のどういうとこ好きになったの？　相手の子、可愛かった？　おっぱいとか大きかった!?」

「明るい系美人？　ちょくちょくボディタッチしてきたし、話も弾んでたし胸も大きかったから……まぁ、鼻の下伸ばしてたのは否定しない」

「あっはっは、色香に惑わされたんだ。ゆーくんも男の子だねぇ」

「うっせぇ、仕方ないだろ！　そういう年頃だからさ、興味あったし……」

祐真が不貞腐れたように唇を尖らせそっぽを向けば、涼香はぽんぽんと肩を叩いて慰め、そしてどこかしたり顔で呟く。

「まぁまぁゆーくん、うちら女子だって男子の身体に興味がないわけじゃないし」

「え、そうなのか？」

「あの人って手が大きいから優しく撫でられてみたいなぁとか、あの俳優って程よく筋肉がついてて抱きしめられたいだとか、こないだ街で見かけた人の唇がやけに色っぽくて感触確かめてみたくなるよねとか、そんな話をすることもあるよー」

「へぇ、ちょっと意外というか……」

「なんだかんだ言ったところで、誰かと付き合って最終的にすることなんて一つでしょ。身体の相性なんて言葉もあるし。ま、あたしの周囲はそこに辿り着く前にごたごたしてて、めんどいことばっかだけどさ」

「そっか」

恋愛なんて所詮、肉体関係を結ぶためのプロセス。そんな風にも受け取れる、涼香の割り切った妙に達観した考えに少し驚きつつも同意し、苦笑する。だけど、なんともサバサバした涼香らしい。

「ゆーくんとか、そんな話しない？　あ、おっぱいの話は女子の間でもよくするよ。見た目ですぐわかるからね。けどあたしって、寄せて上げても揉めるほどないんだよなぁ。りっちゃんくらいあればいいんだけど」

涼香はそう言って自分の胸に手を当て、険しい顔で制服越しに薄い胸を揉み上げる。

祐真は親友の妹のいきなりの行動に、目をぱちくりさせつつも、ついつい本音を零す。

「いや、大きさは問題じゃないだろ。男にはないものだから惹かれるというか」

「じゃあ、あたしのでも揉んでみる？　天然物のAカップだよ、育てがいがあるよ、せめてBは欲しい！」

「お、おい、揶揄うなよ」

「あ、照れた。というか、ゆーくんでもあたしで照れるんだ？」

「……ったく」

けらけらと愉快そうに笑う涼香。

元から何でもよく話す仲とはいえ、さすがに中学に入って以降は、こういう性を意識するようなことは滅多に話さない。

だけど一度話し始めれば、今だって悪ノリするかのように「でもね、本当に悲しいくらいないんだよ……」といかにも演技ですというような声色で、祐真の腕に薄い胸を押し付けてきている。

本人はないというけれど、それでも確かに感じられる柔らかな感触に、やけに心臓が早鐘を打つ。振り払うことも出来そうにない。

どんどん妙な空気になりつつあった。

祐真が色々と言いあぐねていると、ふとテーブルの上に広げられた雑誌が目に入る。

キス特集がどうこうという文字を捉えた涼香が、ポツリと呟く。

「……キスって気持ちいいらしいね」

「……らしいな」

祐真は場の空気に呑まれているのを自覚しながら、神妙に頷いた。

二人して雑誌のキス特集を眺める。

キスに至るまでの雰囲気作りやタイミング、サインの出し方を見ていると、ふいに手の甲に涼香の指先が触れた。

驚き、ビクリと肩をわずかに跳ねさせた祐真は、彼女を見る。

少しばかり瞳を潤ませ好奇の色を湛えた涼香は、悪戯を提案するかのように囁く。

「ホントかな？」

「どうだろ」

「試してみない？」

「い、いやいやそれは……さすがに……」

いきなりの涼香の提案に驚く祐真。

いくら涼香の好奇心が強いとはいえ、さすがにほいほいとするようなことではない。

「いいじゃん、どうせうち初めてってわけじゃないし」

「子供の頃のそれとは——んっ!?」

「ん……ちゅっ」

さすがに小さい頃とは違うのだからと、その提案にまごついていると、ふいに唇を啄（ついば）まれた。

祐真が目を大きく見開けば、涼香はただ怪しげな笑みを浮かべ、ごちそうさまとばかりに唇を舌でぺろりと舐（な）める。

ぞくり、と祐真の背筋が震えた。

「しちゃったね」

「……涼香」

「っていうか今のキスっていうより、歯が当たったって感じ。ね、もっかい」

「んっ……」

涼香は感触を確かめるように、再び祐真の唇と自分の唇を重ねる。

そして唇を離し、眉（まゆ）を寄せて呟く。

「なんか、柔らかい？　不思議な感触。気持ちがいいかっていうと——」

なんだか頭がくらくらしていた。

何かのスイッチを入れられてしまった祐真は、わずかに手の甲に触れていた涼香の手を取り、逃さないとばかりに指を絡め、今度は自分から唇を押し付けた。

「んちゅぅ、んっ…………」

唇でちゅっと吸い付きながら、はむはむとぷっくりした涼香の下唇を味わう。

されている時はわからなかったが、こうしてみると涼香の唇は随分と柔らかい。

自分とは違う異性の、女の子の唇だった。

幼い頃、好奇心からしたキスとは何もかも違った。

まるで取り憑かれたように夢中になって、何度も呼吸を忘れて求め合う。

やがて酸素を求めて身を離せば、互いの喘ぐような荒い息が部屋に響く。

「……もぅ、いきなりなんだから。で、どう？　気持ちいい？」

「……さぁ、今一つよくわからん」

「やっぱ、気持ちいいのはディープキスなのかな？　舌を絡めるやつ」

「じゃないのか？　……どうするのか、わからないけど」

「……雑誌によると、相手の唇の少し内側にそっと舌を入れる、だってさ。やってみる？」

「いや、さすがにそれは……」

百歩譲って、唇を重ねるだけのキスはよしとしよう。先ほどはつい夢中になってしまったとはいえ、ここまではまだ子供の頃にお遊びで経験したことでもある。

しかしディープキスとなれば、さすがにおふざけの範疇を完全に超えてしまう。

渋い顔をする祐真。

すると涼香は「ふぅん」と鼻を鳴らし、挑発するように囁く。

「なに、ゆーくんもしかして怖じ気づいてる？」

「別にそういうわけじゃ」

「なら、証明してみせてよ」

「むっ……」

子供っぽいとはわかっている。だけどここで引くと涼香に負けたような気がして、ムッと眉根を寄せる祐真。

グッと涼香の肩を摑み、返事の代わりに再び唇を寄せる。

「……んっ」

「んんっ……んっ!?」

そしてにゅるりと舌を差し込んだ瞬間、涼香はビクリと肩を跳ねさせ目を大きくした。

祐真は一瞬その反応にたじろぐものの、恐る恐る歯茎や頰の内側をなぞれば、涼香は次第にとろんと目を蕩けさせていく。

舌先で歯をコンコンとノックすれば僅かに開き、繫いだ手をぎゅっと握ってきたのを合図に、祐真は彼女の口の中へと侵入を果たす。

「……ぁ」

舌先と舌先がぶつかると共に、涼香(すずか)の口から何とも艶(つや)めいた声が漏れた。聞いたことのない声色だった。

祐真(ゆうま)の頭が真っ白になってしまうとともに、抗(あらが)いがたいひどく原始的な欲求が生まれ、ただひたすらに舌先を絡め合う。

「ん……んっ」

「ちゅっ……ん……」

身体はこれ以上なく熱を持ち、まるで溶け合い一つに合わさっていくかのよう。

部屋にはただ夢中になった二人が絡むぴちゃぴちゃという水音と、荒い息遣い。

他のことは何も考えられなかった。

――PON♪

「んんっ⁉」

「ぷはっ！」

その時、涼香のスマホが通知を告げる。弾かれたように互いの身を離す二人。

「だ、誰から？」

「り、りっちゃんから！　メッセージで、何かシュークリームがどうこうって」

「そ、そっか」

「う、うん」

会話はそこで終わり、何とも気まずくももどかしい空気が流れる。

「……」

「……」

先ほどは完全に空気に呑み込まれてしまっていた。

だけど身体はまだ熱を持ったまま。

明らかに先ほどの続きを求めているのがわかる。

ちらちらと、互いの上気した顔を窺い合う。

「……さっきの凄かったね」

「……あぁ、なんかこう、凄かった」

「ゆーくん、気持ちよかった？」

「さぁ、それがわかる前に途中で終わったというか」

「雑誌だとあれ以上のこと、書いてあったね」

「抱き合ってとか、舌を激しく絡めてとかあったな」

「あはは、試すにしても誰かに見つかったらアレだしなぁ」

「そうだな。晃成の部屋、鍵壊れてるし」

「……」

「……」

「じゃあ、さ……あたしの部屋、来る?」

「………………おう」

その涼香(すずか)の誘いに、祐真(ゆうま)は頷(うなず)くことしかできなかった。

逸(はや)る気持ちを抑えながら、涼香の部屋へ向かう。

中へ入るともどかしいとばかりにすぐさま抱き合い、互いに激しく舌と身体を絡め合う。

弄(まさぐ)る涼香の身体は汗ばんでおり、そこから立ち上る甘い匂(にお)いがより一層、祐真をくらくらとさせて理性を溶かす。

意識が朦朧(もうろう)としていく。

「はぁ……んんっ……ちゅ……っ」

「んんっ、ん……はぁ……んっ……」

腕の中の涼香は、祐真の攻め立てる動きに面白いくらい反応した。

まるで涼香を自分の色へと染めていくような感覚。

「んん～っ、ぷはっ」

「っ!?」

その時、涼香がビクリと肩を震わせたかと思うと、力の抜けた身体をのし掛かるように委(ゆだ)ねてきた。

涼香は荒い息を繰り返し、少し恥ずかしそうに言う。

「……びっくり。腰砕けちゃった。キスって気持ちいいんだね」

「……あぁ」

見慣れたはずのはにかむ涼香が、やけに可愛く見える。

本能が、もっと深く繋がりたいと囁く。

しかし一度離れたことによって僅かに理性を取り戻した祐真は、この状況が如何に危険かということも理解していて。

このままでは欲望に身を任せて、この親友の妹をキズモノにしてしまいかねない。

祐真は涼香の肩を摑んで少し身を離し、懇願するように言う。

「涼香、ここまでにしておこう」

「え……ゆーくん、気持ちよくなかった？」

「逆。これ以上は気持ちよすぎて、どうなっちまうかわからん」

「ふぅん？」

涼香を慮ったつもりだが、しかし彼女はどこか嬉しそうに、そして祐真が見たこともない蠱惑的な表情で囁く。

「ゆーくんならいいよ」

「……いいよって」

「その先のことに興味もあるし、いつかは経験することでしょ。だから、ね？」

「涼香……っ」

その先を望む言葉に脳を揺さぶられ、くらくらしてしまう。叱責するかのように鋭く名前を呼ぶも、挑発的な笑みを返されるのみ。

「ゆーくんさ、意地張ってるけど、結構我慢の限界じゃない？」

「――っ、やめろ！　それ以上言うと本当に――」

そう言うと涼香は意地悪くクスリと笑い、祐真のパンパンに張り詰めた本能を撫で上げ、耳元に口を寄せて誘うように謳う。

「だからいいよ、やれるもんならね」

「涼香っ！」

「あん♡」

その言葉が引き金となって、祐真は理性を手放した。


祐真が我に返った時には、窓から差し込む西日が、涼香の部屋を朱く染め上げていた。

機能性を重視したあまり女の子らしくないこの部屋に、二つの荒い息遣いがどこか遠くのことのように響いている。

「ゆーくんのケダモノ。あたし痛いって言ったのに……」

枕に顔を埋めた涼香が、恨みがましいくぐもった声を漏らす。

──あぁ、まったくその通りだ。

祐真は目の前の涼香のあられもない姿を見下ろしながら、やってしまったとばかりにくしゃりと顔を歪める。

乱れた制服と露わにされた彼女の白い素肌、そこに吐き出された自らの欲望。

ベッドシーツには夕陽よりもなお朱く染められた初めての証。

気まずい空気と共に充満する、互いの性が混じり合った独特の匂い。

どこからどうみても、事後の爪痕。

──やった。やってしまった。

祐真は陰鬱とした気分で身を起こし、目を逸らすように顔を背け、無言で着衣を整える。

いくらやれるもんならと挑発されたとはいえ。

お互いが妙な空気に呑み込まれてしまったとはいえ。

それでも実際に手を出してしまった先ほどの祐真は涼香の言う通り、理性を手放したケダモノそのものだったのだろう。

胸の内を占めるのは深い後悔と罪悪感。

それと同居する、もう一度彼女の身体を貪り快楽に浸りたいという、仄暗い欲望。

まったくもって最悪だ。

だけど自分の犯してしまったものを振り返る勇気もなく、ますます自己嫌悪に陥っていく。

このままこの部屋にいると、どうにかなってしまいそうだった。

「ごめん、今日はもう帰るよ」

「……ぁ」

何とかその言葉を捻りだし、ぐるぐると渦巻く感情を追い払うかのように軽く頭を振り、涼香から逃げるかのように部屋を後にする。

家を飛び出し玄関に背中を預け、「ふぅ」と胸の中のものを吐き出すようにため息をひとつ。

この日、祐真は昔からよく知る親友の妹、涼香と一線を越えてしまった。

フラフラと幽鬼のような足取りで自分の家に戻った祐真は、事の顚末を思い返し、自己嫌悪に陥る。

合意の上、と言ってもよかっただろう。

だけど幼い頃から知っている親友の妹を、欲望に負けて汚してしまったのも事実。

あの時の自分は正にケダモノそのものだった。

「……明日からどんな顔をして会えばいいんだよ」

第二話　どうしろってんだよ

この日はほとんど眠れやしなかった。

目を瞑ればたちまち昨日の涼香の柔らかい肌の感触や嬌声、うねるような快楽が蘇り、腹の奥底には熱く煮えたぎる制御の難しい欲望が渦巻き、罪悪感と交互に押し寄せてくる。

眠りに落ちたら落ちたで、妖しく微笑む涼香が誘うように肢体を絡みつかせ、耳元で『いいよ』と囁かれれば、夢の中でも同じ過ちを繰り返してしまう。それこそが、自分の願望だというように。

それだけ昨日の出来事は、初めての体験は、鮮烈だった。

「……ひっどい顔」

朝、洗面台の鏡に映った自分の顔は懊悩や後悔、渇望が目の下の隈や眉間の皺となって現れていた。

そしてそれは酷く覚えのある顔でもあった。

去年の秋ごろに犯した過ちを思い返す。

自分に気があるようなそぶりをされたからといって、それまで意識したこともない女子相手に舞い上がり、失敗をした時の顔とよく似ている。

「…………」

祐真はそれらを洗い流すかのように、頭から冷たい水をかぶる。

少しだけクリアになった頭で、必死に身だしなみを整えいつも通りという表層を取り繕い、リビングへ。

「……また週末までいないのか」

灯りも人の気配もなく、薄暗く寒々としたダイニングテーブルの上に無造作に置かれているのは千円札が三枚。食費にしろという両親からの無言の合図。

河合家では珍しいことではない。

物心ついた頃には、既にこうだった。

そもそも家族で一緒に食事をする機会の方が稀だ。もっとも、それだって機械的に口に食べ物を運ぶだけになるのだが。

冷めきった関係。

家で互いが顔を合わせても、まるで居ないかのように振る舞う。父と母は仮面夫婦といっていいだろう。

互いに興味がないのだ。

そのくせ、恋愛結婚らしい。

そんな両親を思うと、やはり恋愛なんて所詮脳の錯覚。一時の気の迷い。数年もすれば、悉(ことごと)く冷めてしまうもの。そんな考えを強くする。

緩慢な動きで冷蔵庫を開けて中を覗(のぞ)けば、食べられそうなものは見当たらない。

あまり食欲はないものの、昨夜も何も食べていないのだ。頭の冷静な部分の、何か腹に物を入れておかないと、という命令に従い、義務のように牛乳を流し込む。何も食べないよりはいいだろう。

そして祐真(ゆうま)は億劫(おっくう)な気持ちと共に、家を出た。


どんよりとした祐真の胸の内とは裏腹に、空は皮肉にも雲一つなく突き抜けるような青さだった。まだ少し冷たい風に揺られ、新緑たちは夏の始まりを謳(うた)っている。

通い慣れた通学路を重い足取りで歩きながら考えるのは、涼香(すずか)について。

——まずは謝らなければ。

そこに罪の意識から逃れたいという、自分勝手な打算はあるものの、肉体的に傷付け汚してしまったことは事実。

具体的に話すことは決まっていないが、まずはそこからだ。

このまま行けばいつも通り、涼香は公園前の道筋で晃成(こうせい)と一緒に待っているだろう。

しかし、ふと思った。

本当にいつものように現れるだろうか？

顔を合わせづらいのは涼香も同じではないか？

その可能性を考えると、途端に今になって恐怖で心が塗りつぶされていく。

「……ぁ」

思わずギュッと右手で胸を押さえこむ。

晃成同様、涼香とも物心ついて以来の長い付き合いなのだ。

いつも一緒。

傍(そば)に居て当たり前。

もはやありふれた日常の一部。

それらがなくなるかもしれないと思うと、足下が崩れ去っていく感覚に見舞われる。

一時の快楽の代償とすれば、なんてとんでもないことだろうか。

顔面蒼白(そうはく)になっていく祐真は、壁に手をつき、喘(あえ)ぐように酸素を求めて浅い呼吸を繰り返す。

どうすれば――

ぐるぐると思考を空回りさせていると、やけに脳天気で機嫌の良さそうな声を掛けられた。

「よっ、祐真」

「晃成……」

「どうした、汗かいて顔色もひどいぞ？　ははぁん、さては寝坊したな。で、全力で走ってきたってとこだろ」

「……ははっ、そんなとこ」

上手い具合に勘違いした晃成に乗っかる祐真。

晃成はやけにニコニコしており、グッと肩を組んできたかと思うと、頼んでもいないのに昨日のことを、喜びを隠せない様子で話し出す。

「いやぁ、昨日は悪かったな。呼び出されてバイト行っただろ？　ホールは先輩と二人しかいなくてさ、めちゃくちゃ忙しかったんだよ。ディナータイムとか目が回るほどどっていうの、いやぁ～まいったまいった。でもなんとかなったし、オレが行って正解だったね！」

「へ、へぇ。なら、先輩にも喜ばれたんじゃないか？」

「おう、それ、それよ！　お礼にってことでさ、今度先輩がいつもお勧めしてたパンケーキの店に連れて行ってもらえることになったんだ。これってやっぱ、アレだよな？　デート……だよな!?」

「あー、どうだろう。少なくとも端から見てると、そう見えるだろうな」

「だよな～っ!?　うぅ、髪はどうにかしたけど、着て行く服をどうすればいいやら。なぁ、そういう時ってどういうの着て行った方がいいと思う？」

「俺に聞かれても……油長の方が詳しいんじゃないか？」

「それもそうだな～っ。聞くにしても、いくつか参考になるものは事前に選んどくか」

そう言って晃成はスマホを取り出し検索をし始める。

祐真が呆れたようにため息を吐くと、それに同調するかのような声が、後ろから掛けられた。

「お兄ちゃんってば、昨日帰ってきてからずっとあの調子！　一晩中、同じ家で聞かされてると、微笑ましいを通り越して鬱陶しいったらありゃしない」

「す、……」

晃成より少し遅れてやってきた涼香の姿に、ドキリと胸が一気に跳ね上がる。何を話していいか分からず、言葉を詰まらせる祐真。

涼香は晃成の浮かれっぷりに、うんざりした顔で肩を竦め小さく頭を振っている。そのさまはまるで昨日のことなど何もなかったかのように、いつもと同じだ。

「う、うるさい涼香、っていうかお前はどれ聞いても『あー、それでいいんじゃない？』しか言わなかっただろ」

「ハッ、そんなのオシャレと無縁のあたしに聞く方が間違ってるってーの」

「うぐっ、我が妹ながら、すごい説得力！」

「えっへん」

「は、……ははっ……」

そして繰り広げられるいつもと変わらない会話に、祐真は乾いた笑いを漏らす。

あまりにも普段通りに展開される会話に、まるで狐につままれているかのよう。

もしかして昨日は涼香と何もなくて、本当は晃成の部屋でうたた寝して見ていた夢かなにかだったのではとさえ思ってしまう。

するとその時、涼香が足をよろめかせた。

「あっ」

「っと、大丈夫か？」

祐真がすぐさま腕を摑み、事なきを得る。

その際にふわりと香った涼香の匂いと、制服越しに伝わるその柔らかさは、記憶の中のものと同じ。

胸を騒めかせた祐真は、すかさず身体を離す。

「ありがと、ゆーくん」

「いや……」

「ったく、またかよ涼香。それ何回目だ？　今日はなんかボ〜っとしててよく躓くな。夜更かしか？　どうせまた、夜中に配信でも見始めて止め時がわからなかったんだろ」

「もぉ、お兄ちゃんうっさい！」

少し気恥ずかしそうにお礼を言う涼香だが、兄に揶揄われれば抗議とばかりに握り拳を振り上げる。すると晃成は「怖い怖い」と茶化すように口ずさみながら、駅へと駆けていく。

そして「はぁ」とため息を吐いた涼香は、ジト目を祐真に向けて唇を尖らせ小声で呟く。

「もぅ、この歩きにくいの、ゆーくんのせいでもあるんだからね。まだ何か股に挟まっているような感じがするし」

「……ぇ」

「そうそう、あの後も大変だったんだから。部屋の換気にシーツの血、それはまぁツッコまれたら、タイミング失敗した生理のそれって感じで誤魔化すつもりだけどさ」

「あ、あぁ……」

涼香は随分あっけらかんと、昨日のことを話す。

祐真にとっては胸の奥底を爪で引っ掻いたような痕を残した出来事だというのに、まるで昨日の夕飯がどうだったかのごとく、こともなげに。

混乱が加速していく。

涼香にとっては、そんなに軽いことなのだろうか？

わからない。

ずんずんと晃成を追いかける彼女は、一緒に付いて来ていない祐真に気付き、不思議そうに問いかける。

「ゆーくん、行かないの？」

「っ、あぁ、今行く」

促され、少し距離を取って隣に並ぶ。

ちらりと窺う涼香は普段の彼女そのもの。

祐真はこの腐れ縁の親友の妹のことが、わからなくなるのだった。


いつもの駅で電車に乗り込んできた莉子は、晃成の言葉に目を大きく見開いた。

「で、デート!?　晃成先輩が!?」

「へへっ、そうなんだよ～」

「な、何がどうして、そんなことに!?」

「いっや～、モテ期がきた、ってやつ？」

動揺から声を上ずらせ、目を泳がせる莉子。調子に乗る晃成。

いつもなら涼香と顔を見合わせそれに苦笑しているところだが、今日の祐真はどんな顔をしていいかわからず、視線を感じつつも、ふぅ、と浅くため息を吐くだけにとどめる。

「昨日お兄ちゃん、急なバイトのヘルプに入って、そのお礼だってさ。なんかパンケーキのお店に連れて行ってもらうみたい」

「な、なるほど、そういう…………てなると、別に晃成先輩と二人きりで、というわけでもなさそうですね」

「え!?」

　涼香の説明で納得した莉子は、冷静さを取り戻す。そして顎に手を当て自分の考えを呟けば、今度は晃成が驚きと動揺で瞠目する。

「ほら、さすがに相手の方も晃成先輩と二人でそういうところに行くと、周りにどう捉えられるか分かっているわけで。例えば、バイトに穴をあけた子が一緒に来るとか」

「あー、その子がお詫びに奢るとかありそう」

「うぐっ、確かに昨日急に休んだのは、先輩と仲の良い大学の友達だった気が……」

「わっ、確定じゃん」

「ご愁傷様、お兄ちゃん」

「ぐぬぬ……」

　低い唸り声をあげ歯噛みする晃成。

　きゃははとひとしきり笑った莉子は、下を向く晃成にしょうがないな、といった様子の顔でツンと人差し指で鼻を突く。

「まぁまぁそれでもプライベートで会うことには変わりませんし？　いつもと違うカッコいい姿見せるとポイントアップかも？」

「そ、そうだよな！　じゃあ気合い入れないとな！」

　すぐさま調子を取り戻すチョロい晃成に、やれやれと顔を見合わせる涼香と莉子。

「でも晃成先輩、着て行くものとかありましたっけ？　もしかしなくても制服が一番無難だったりしません？」

「そうなんだよな〜。そこで相談なんだけど、莉子さんや」

「何ですか〜、もしかして他の女に会いに行くための服を、女の私に相談する気ですか〜？」

「頼むよ〜、こんなこと莉子にしか相談できないんだよ〜。ほら、涼香はアレだし」

「お兄ちゃん、うっさい」

「あはは！　………………ん〜、どうしようっかな〜、私今欲しいポーチあるんですよね〜」

「うっ、足下見よってからに……あまり高いのは勘弁な」

「やた！　こういうチョロい晃成先輩、好きですよ！」

「はいはい」

パンッと手を叩き、良い笑みを咲かす莉子。その顔には少しばかりの安堵と不安といった、複雑な色が混在している。

そんな、いつもと変わらないやりとりが繰り広げられていた。

本当にいつも通り過ぎて、かえって遠い出来事のように感じてしまうほどに。

普段なら祐真も莉子と一緒に揶揄いの言葉を投げたり、涼香のように茶々を入れたりしているところだ。しかし祐真はどうすればいいか分からず、茫漠と眺めることしかできない。

そんな普段とは違う祐真の様子が気になったのだろう。莉子は怪訝な表情を浮かべ、祐真の顔を覗き込んできた。

「河合先輩、今日はやけに静かですね。どうしたんです？」

「っ、あーいや、その……」

「どうも祐真のやつ、夜更かししたらしい。今朝も走ってやってきてたしな」

「へぇ、珍しい。あ、何かにハマっちゃったとか？」

「ま、まぁそんなとこ」

「へぇ、何なんですか？」

「えぇっと……」

何となく話の流れに乗っかっているものの、実際にはそんなものはどこにもない。

言葉を詰まらせている祐真を見て、不思議そうに顔を見合わす晃成と莉子。

すると涼香がニヤリと口元を歪ませ、横槍を入れる。

「ん～、こう口籠るってことは、案外えっちぃものだったりして」

「えっ!?」

「あはっ、そんな晃成先輩じゃあるまいし」

「いっやー、ゆーくん案外むっつりなところあるしさ、ねぇ？」

涼香は悪戯っぽく笑みを浮かべ、片目を瞑る。まるで昨夜は、涼香といたしたことで悶々としてたんでしょうと言いたげだった。

ドキリと胸と共に、肩も跳ねる。

そんな祐真の反応を図星と受け取ったのか、晃成がにたりとした笑みと共に耳打ちしてきた。

「なぁなぁ、そんな凄い感じの薄い本でも手に入れたのか？　今度オレにも貸してくれよ」

「そ、そんなんじゃないって！」

昨日のことをバカ正直に言えるはずもない。しかも晃成は涼香の兄なのだ。

その涼香はといえば、莉子と共に可笑しそうに笑っている。

胸の内は罪悪感と羞恥心でごたまぜだった。

それが困惑を加速させ、どうしていいかわからない。

丁度その時、電車が学校の最寄り駅に着く。

「俺、用事思い出したわ。先行く！」

「おい、祐真！」

「あ、ゆーくん」

祐真はこれ幸いとばかりに飛び降り、振り返ることもなく言い捨て、逃げるように駆け出す。

背中からは、突然のことに困惑混じりの三人の声が聞こえてきた。

用事があるといった手前、まっすぐ教室に行くわけにもいかないだろう。ＳＨＲまではまだ、二十分近くもある。

それに少し考えを纏めたかったこともあり、図書室を目指す。

図書室には何人か自習している生徒がおり、カリカリとペンがノートを引っ掻く音が響いている。受付は無人。朝の委員による受け持ちは任意。熱心な図書委員は稀だ。祐真は彼らを横目に迷うことなく、勝手知ったる図書準備室へと身体を滑らせた。

返却用の本が溜まっているキャスター付きの小さな棚に眉根を寄せつつ、壁際の作業台に鞄を置く。パイプ椅子を引き寄せ座ると同時に、張り詰めた気を抜くように大きなため息を吐いた。

右手で頭を押さえながら、涼香について考える。

あの態度は何から何まで、今まで通りだった。

昨日のことなどまるで何でもないと、気にも留めていないかのよう。

祐真にとって女の子の初めてというのは、特別なものという認識がある。

一般的な貞操観念としても、そうだろう。

これまでの付き合いから涼香もそのあたりの感覚が、世間から逸脱しているとは思えない。

じゃあ、何故？

本当は祐真のことが好きだったから──そんなことが脳裏に過るも、すぐさまそれを打ち消す。

そもそも涼香は、恋愛なんてバカらしいと言っていたではないか。その気持ちはよくわかる。

涼香のことを好きかどうかと問われれば、もちろん好きだ。

しかしその好きは恋愛のそれとは違う。断言できる。現に今も、かつて感じた胸の高鳴りとかそういったものを、涼香に感じていない。

一番可能性が高いのは、好奇心だろうか？

涼香は、好奇心がかなり強い。

祐真もあの時、欲望の次に心の中を占めていたのがそれだった。

だが果たして、好奇心だけで致すようなことなのだろうか？

……考えれば考えるほどドツボに嵌っていく。

涼香のことが、この小さな頃から知っている親友の妹のことが、よくわからない。

そして何よりもわからないのが、自分自身だった。

今朝の涼香のなんてことない態度に、昨日のことを許されてしまったと感じて安堵すると共に、すぐさま心が仄暗い渇きに塗り替えられてしまった。

昨日の涼香の熱と感触が思い起こされ、またもあの時と同じことをしたいという気持ちが溢れてしまいそう。

きっと今また涼香と顔を合わせたら、この欲に呑まれてしまうに違いない。先ほどは少しやばかった。

――恋愛対象ではないのに、身体を求めたい。

そんな身勝手さ、容易に歪な欲求へ傾く自制心のなさに、まったく己のことが嫌になる。

かつての失敗から何も学んでいない。

「くそっ、最低だ……」

くしゃりと頭を抱えていると、ガチャリとドアの開く音が響く。

「あれ、河合くん？」

「……上田さん」

現れたのは綺麗で艶のある髪を肩口で揃えた、華奢で儚く大人しい印象の女子生徒。祐真と同じ図書委員である上田紗雪だった。

彼女とは中学時代のクラスメイトで、顔見知りといったところだろうか。

普段からあまり交流はないものの、緩くも長い付き合いなので、互いにそれとなく人となりを理解しており、同じ委員の中ではちょくちょく話す方だ。

紗雪は不思議そうに目を瞬かせ、こてんと小首を傾げる。

どうしてここにと問われたとして、何と言っていいのやら。祐真も苦笑を返す。

「……」

「……」

少し探り合うかのような視線が絡み、むず痒い空気が流れる。

紗雪も困ったように眉根を寄せ、そしてチラチラと視線をどこかへ投げている。祐真がその先を追えば、返却用の本が溜(た)まっているブックトラック。

なるほど、彼女がここに訪れた理由はそれらしい。

「本の棚戻し?」

「はい、そうです」

「手伝うよ」

「いや、でも……」

祐真(ゆうま)の申し出に遠慮を見せる紗雪(さゆき)。控えめで謙虚なところは彼女の美点なのだが、誰かが仕事をしている隣で何もしないというのも、据わりが悪い。

それに教室に戻った時、晃成(こうせい)に何か言われた際の言い訳にもなるだろう。

「手持ち無沙汰(ぶさた)だし、暇つぶしさせてよ」

「ふふっ、そういうことなら」

祐真が多少強引にブックトラックを押して移動を促せば、紗雪もくすりと笑い機嫌がよさそうに後を着いてくる。

そして紗雪と手分けをしつつ、ブックトラックにある本を四割ほど返し終えたところで予鈴が鳴った。

「手伝ってくださり、ありがとうございます」

「同じ委員なんだし、気にしないで」

祐真は律儀に頭を下げる紗雪になんとも曖昧な笑みを浮かべ、それぞれの教室へと別れる。

ともすれば後ろめたさが絡みつき重くなる足を、振り払うかのように早めて向かう。

それでも無心で作業に没頭したこともあり、少しばかり冷静さを取り戻せてはいた。

教室に入ると、自然と晃成の姿を捜す。

晃成はすぐ見つかった。今まであまり関わりのなかった、オシャレに敏感で派手な格好をした女子たちを中心としたグループと話しており、周囲からも注目を集めている。

祐真が顔をしかめながら自分の席へと向かうと、こちらに気付いた晃成が手を上げて話しかけてきた。

「よ、祐真。遅かったな、何してたんだ？」

「委員の仕事。図書室で本の返却作業」

「ふぅん、本当に用事あったんだ」

まぁ、嘘は吐いていない。晃成は鼻を鳴らし納得すると、彼女たちとの会話に戻る。晃成と何を話していいか分からなかった祐真は、胸を撫で下ろす。

席に鞄を置きながら周囲をぐるりと見渡せば、教室の中は昨日に引き続き、恋バナ一色だった。大方、晃成がデートに着ていくべき服をあちこちで聞いたからだろう。

その晃成へと視線を戻す。いわゆる陽キャに分類される彼女たちの言葉の端々からは、晃成を揶揄い弄るようなものを感じ、眉を顰めてしまう。

その晃成はといえばおちょくられている自覚がないのか、照れたように頬を染め、頭を掻いていた。もしくは、そのことが気にならないほど必死なのだろうか？

誰かの恋バナというのは、娯楽じみた側面もあるのだろう。

晃成は祐真同様、これまで目立つようなキャラじゃなかった。

昨日今日で髪型をガラリと変え、服がどうこうと口にすれば、皆の興味を引くというもの。

とにかく、それだけこの親友は先輩のことが本気で好きなのだろう。

そんな光景が休み時間の度に繰り広げられ、晃成に話しかける相手は男女問わず増えていく。

最初は面白半分だった彼らも、いつしか晃成の真摯さに心打たれ、ちゃんと応援しようという空気が醸成されていった。

（……）

その様子を遠目に見ていた祐真は、かつてのことを思い返し渋面を作る。

やはり彼らのように、恋バナに熱を上げる気にはならない。

まだ以前の失敗から、恋愛に対する忌避感じみたものが祐真の胸の内にはあった。

そもそもあの時だって、別に好みのタイプで惹かれたというわけじゃない。もっといえば、ロクに相手のことさえ知らなかった。

好きでもないのにその気になったのは、ただ相手とどうこうしたいという欲求に――性欲に支配されただけだろう。

意志薄弱。要するに、誘惑に弱いのだ。

まるで恋愛になんて向いていない。

そのくせ、付き合った後にする行為については人並み以上の欲求がある。昨日涼香（すずか）とあんなことがあったから、あの快楽を知ってしまったから、今までよりも強く。

沸々と涼香の感触を思い返し、ゴクリと喉（のど）を鳴らす。

最低な自分の味がした。


昼休みになった。

いつもなら晃成（こうせい）と購買や学食に繰り出すところだが、今日の親友は色々忙しそうだ。現に今も、恋バナ好きの女子グループに話しかけられている。

さて、どうしたものか。

祐真（ゆうま）が手をこまねいていると、廊下から聞き慣れた声が投げかけられた。

「晃成せんぱーい、来ましたよーっ」

莉子（りこ）だった。どうやら今朝、祐真が図書室に向かった後にでも約束をしたのだろう。こうして教室にまでやってくるのは珍しい。中学時代でも数えるほどだったし、高校では初めてだろうか？

莉子の登場に教室がにわかに騒めきだし、「あの子可愛い、一年？」「倉本くんの名前呼んでるけど、もしかして……」「もうちょっと身長ある方が」「隅に置けねぇ」といった囁き声が各所から聞こえてくる。

それもそうだろう。入学を機にイメチェンを果たした莉子は、今や垢抜けた華やかさを持つ女の子。こうして注目を集めるのは中学時代を知っているだけに多少驚きがあるものの、納得するものがある。

そんなクラス内の反応に、莉子自身も驚いているようだった。

ビクリと肩を震わせ、キョロキョロと落ち着きなく周囲を窺う。

するとそんなクラスの反応に気付いていない様子の晃成は、莉子の訪問にニカッといつもの人好きのする笑みを浮かべて大きく手を振り、そして話しかけられていた女子陣に断りを入れた。

その際、晃成と話していた女子たちが残念そうな顔をしたのを、莉子は見逃さなかったようだ。

莉子は目を大きく見開くも一瞬、先ほどのおどおどした態度はどこへやら、挑発するような小悪魔的な笑みを浮かべ、臆することなく教室へと踏み入り強引に晃成の腕を摑む。

「早く行きましょ、ほら」

「おい、莉子っ！　……ったく。祐真、行こうぜ」

いや、居て当たり前だろう。莉子と涼香は、祐真と晃成のように同じクラスで、いつも一緒にいる親友なのだから。

だけど、今の祐真にとっては不意打ちだった。

「りっちゃん、わざわざ教室にまで入らなくても」

いきなりの莉子の行動に、呆れたように言う涼香。

莉子はスッと視線を逸らし、少し唇を尖らせながら答える。

「だって、ぐずぐずしてる晃成先輩が悪いんだもん」

「悪ぃ、悪ぃ。色々クラスメイトに意見聞いて回ってたから」

「ふぅん、お兄ちゃんにしては珍しい。てか、柄にもない」

「ま、キャラじゃないのは自覚してるさ」

祐真は目の前のそんなやり取りを一歩引きながら眺めていた。

やがて晃成が「腹減ったし、早く食堂行こうぜ」といって先頭を歩きだす。

莉子は少し不機嫌そうに、晃成には聞こえない声量で呟く。

「……私に任せてって言ったのに」

「……あぁ」

莉子に引き摺られる形の晃成に苦笑を零し、後に続く。

そして祐真は廊下に出ると、呆れた様子で待ち構えていた涼香を見て、足を止める。

そんな莉子の不貞腐れたような顔を見てくすりと苦笑を零した涼香と、目が合った。

すると途端に祐真の胸中では様々な感情と思考、欲望が渦巻きだす。

何を話せば？　身体の調子はもう大丈夫？　何事もなかったかのように晃成の話に加わる？

考えは中々纏まらず、そのくせ何かの拍子に昨日の涼香とのことを思い出しそうになり、

「……え」「……あ」としどろもどろに母音を漏らす。気まずさだけが加速する。

やがてその場に立ち尽くし、涼香と莉子も食堂に向かいだすも、付いて来ない祐真を不思議に思ったのか、声を掛けた。

「ゆーくん？」

「どうしたんです、河合先輩？」

「っ！　あーその俺、今朝の用事の続きを思い出したから！」

「え⁉」

「あ、ちょっと！」

咄嗟にそれだけを言い捨て、二人の驚く声を置き去りに、逆方向に走る。

ただただ顔を合わせない場所はどこだと探し、校舎の隅にまで来たところで、非常階段が目に入った。

数拍の躊躇いの後、こっそりと鍵を開け、重たい鉄扉をこじ開け身を差し込むと同時に、ずりずりと預けた背中からその場に座り込む。

そして青々とした空を憎々しげに眺め、自らを嘲るように嗤った。

「何やってんだ、俺」


涼香を前にすると、冷静でいられなかった。

だからその日の放課後も顔を合わせまいと、晃成には適当に言い訳をして家へと直行した。

適当に鞄を放り投げ、ベッドに仰向けで倒れ込むようにして身を投げ出し、「はぁ」と漏れ出たため息が茜色に染まった部屋に溶けていく。

奇しくもあの時と同じ夕暮れ時。

嫌でも昨日の涼香とのことを思い起こしてしまう。

「……くそっ」

思考はどうしようもなく性欲に支配されていた。

さすがは思春期の身体、三大欲求というべきか。

涼香の態度も問題だ。

あれでは自分に都合よく解釈し、同じ過ちを犯しかねない。

会話をすべきだとはわかっている。

しかし今は涼香を前にして、冷静でいられる自信がなかった。

「……どうしろってんだよ」

いくら考えても答えは出ない。

それにこれからのことを考えると憂鬱だ。

涼香という少女は祐真の日常に深く根ざし過ぎている。それだけ身近なのだ。

とにかく時間を置くべきだと判断した。問題解決を先延ばしにしているのは百も承知。

祐真は緩慢な動きでスマホを手繰り寄せグルチャを呼び出し、言い訳を書き込んだ。

《明日から当分、委員会で忙しい》

祐真が姿を見せないようになって数日。

いつもの時間、いつもの駅で乗り合わせてきた莉子は、倉本兄妹しかいない状況に目をぱちくりさせた。

「河合先輩、今日もいないんですか？」

「あぁ、昨日も昼になるなり図書室に直行してたな。ったく、いきなり委員会活動に熱心になってやんの」

「ふぅん、一体何があったんですかね。すずちゃん、知ってる？」

「っ！　さ、さぁ……」

水を向けられて心当たりのある涼香は、少しドキリとしながら曖昧な言葉を返す。

莉子が訝しみながら顔を覗き込んでくるも、何とも困ったと眉根を寄せるのみ。

やがて見透かすようなジト目になった莉子が、呆れたように息を吐く。

「ケンカしてるなら、早く仲直りしてよね」

「ま、涼香がやらかして祐真がヘソを曲げるのも久しぶりだからな」

「……お兄ちゃん、うっさい」

いつもの兄の揶揄いに、ぎこちないツッコミを返す涼香。

原因なんてわかりきっている。

祐真と一線を越えた。

とてもじゃないが、兄や莉子に言えないような大それたことをしてしまった。

涼香は別に貞操観念が緩いというわけではない。人並み、のはずだ。

好奇心や興味、その場の空気に流されたとはいえ、それでも相手が祐真じゃなければ、決して自分から誘うような真似はしなかっただろう。

むしろあの時を振り返れば、こちらを気遣う余裕もなく、自分を求めることに夢中になっていた祐真を可愛いとさえ思う。そう思ってしまうほど、涼香としても決して嫌なものではなかった。

熱に浮かされたかのような時間から冷静になった後、羞恥で悶え、翌日どんな顔をすればと悩んだものだ。

しかしお互い恥ずかしい姿なんて、小さい頃から散々見せてきている。

倉本家でのお泊まり会でおねしょをしたり、登校途中にふざけて田んぼの溝に落ちて泥だらけになったり、一緒に遊びに行った水族館で迷子になって泣きべそかきながら親に迎えに来てもらったり。

確かにあんなことをして、気恥ずかしいものはあるだろう。

だけどこちらが普段通りに装っていれば、すぐさま元通りになると思っていた。これまでみたいに、ちょっとした失敗を笑うかのように。そんな祐真に対する、信頼めいたものがあった。

そしてきっと普段通りの空気に戻せば、再び求めてくるんじゃないかとも思っていた。

この年頃の男子のそうした欲求の強さには、理解があるつもりだ。

別に涼香としても、それに応えるのはやぶさかではない。

祐真が言い出しづらそうにしているのをむっつりといって揶揄ってやろうとか、昨日の今日でまだ痛いからダメだといって焦らしてやろうだとか、そんなことを想像してはにやにやしたりも。

だというのに、こうまでも顔を合わせないとは予想外。

「……はぁ」

自分に向けて大きなため息を吐く。

さすがに胸には焦燥と不安、そして寂しさにも似たものがじわりと滲む。

ちらりと話が盛り上がっている親友と兄を見てみる。

高校デビューをした莉子は、小柄で可愛らしくも華やかな容姿だ。隣の晃成も先日イメチェンし、明るく爽やかに。

意中の相手に振り向いてもらおうと身なりに気を遣った二人は、とても眩しい。

そっと目を逸らした先の窓では、伸びるに任せた髪をひっつめ、化粧っ気もなく、中途半端な長さのスカート姿の垢抜けない少女が、困ったようにこちらを見て苦笑していた。


昇降口で晃成と別れ、教室へ向かう。道中で図書室の近くを通った時、一瞬視線をそちらに向けて眉根を寄せる。隣を歩く莉子は、何も言わない。

「おは、莉子っち。ね、ね、これみて！　すごくね！」

「わ、ネイルめっちゃ可愛い！　どうしたの、これ⁉」

「知り合いのお姉さんがネイルアーティストの卵でさ、練習でやってもらったの！」

「ねね、実際サロンとか行くと値段ってどれくらい——」

「え、思ったより——」

教室に入るなり、莉子はクラスでも派手なグループの女子たちに話しかけられた。どうやらそのうちの一人がしてきたジェルネイルのことで盛り上がっているようだ。

莉子は彼女たちと話しつつ、しきりに自分の爪を見ては、悩ましげに息を吐く。

涼香はその様子を眺めながら自分の席に鞄を置き、今度は近くでやけに盛り上がっている男子グループの話に、耳をそば立てる。

「え、お前別れたの!?　付き合うまであれだけ散々苦労したのに、何で!?」

「いや、こないだデートしたんだけどさ、私服がその……なんていうか、あまりに趣味の方向からかけ離れすぎていてというか」

「あー……ちょっとわかるわ。たまにいるよな、変に突き抜けすぎて受け付けない格好って」

「そうそう、女子の好きと男子の好きは必ずしも一致しないよな」

「なんだかんだ見た目って性格が表れるっていうしさ、重要だよなー」

（……っ）

思わずくしゃりと顔を歪める涼香。非常に耳の痛い話だった。

心の中でどこか、祐真にとって自分は性の対象として選んでもらえる側だと思い込んでいた。見た目に気を遣わず、とてもモテるとはいえない容姿をしているのに、なんという傲慢。

祐真だって、せっかくの初めてだったのだ。もしかしたら、もっと可愛い子がよかったのかもしれない。それを昔から気心が知れた仲だと調子に乗って誘惑して、台無しにしてしまった。

そう思うと胸がじくりと罪悪感で痛み、ぎゅっと薄い胸の前で拳を握りしめる。

「すずちゃん、どうしたの？」

いつの間にか傍に来ていた莉子が、気遣わしげに話しかけてきた。それだけ妙な顔をしていたのだろうか。

「っ、りっちゃん。別に――」

振り返った涼香はそこで言葉を区切り、まじまじと莉子を見て、かつての親友の姿を思い返す。

つい二か月前までの莉子は、今の涼香と同じように髪も黒くて地味でもさもさだった。それが入学前、高校では生まれ変わるんだと言って、必死になってイメチェンし、見違えた。

自分も同じように変われるだろうか？

いや、兄だってあれほど変われたのだ。きっと涼香本人のやる気と覚悟次第に違いない。

きゅっと唇を強く結んだ涼香は莉子の手を取り、頼みごとをした。

「お願いりっちゃん、あたしもイメチェンしたいの！　手伝って！」

「え、うん……ええええええぇっ!?」

第三話　同盟

祐真(ゆうま)は涼香(すずか)たちと出会わないよう朝は二本早い電車に乗って登校し、昼はチャイムと同時に教室を抜け出す。避難先は図書室だ。放課後は一目散に帰宅。そんな日々が続いていた。

意図して避けているとはいえ、こんなにも顔を合わせないことに驚くと共に、後ろめたさも募っていく。涼香だけでなく晃成(こうせい)や莉子(りこ)からもメッセージがいくつか届いているものの、既読すら付けていない。逃げている自覚はあった。

図書委員の仕事はさほど忙しいものではない。

精々持ち回りの受付担当があるくらいで、それもただ座って暇を弄(もてあそ)ぶ程度。けれどそれさえ真面目に出てきている委員は少なかった。図書室自体もどちらかといえば自習の為(ため)に利用している人が多く、わざわざ本を借りてまで読む読書に熱心な生徒は稀(まれ)らしい。

そんな中において、紗雪(さゆき)は熱心な生徒であり委員といえた。それと、純粋に本が好きなのだろう。祐真が図書室に顔を出せば、持ち回り担当ではないにもかかわらず、受付で読書している姿をよく見かける。

沙雪は本に夢中になっているのか、それとも他人に興味がないのか、どちらにせよ図書準備室に入り浸る祐真を咎(とが)めるわけでなく、また積極的に話しかけてこないのはありがたかった。

この日の朝の祐真も、受付で本を読んでいた紗雪に「おはよ」と声を掛け図書準備室へ。

指定席になりつつある一角に腰を下ろし、開けっぱなしにしたままの扉から紗雪の後ろ姿を視界に収めながら、退屈しのぎに適当にそのへんにあった本を手に取り眺める。それは映像化もされたことがある、京都を舞台にした狸の話の本だった。

最初はなんとなく文字を追うだけだったのだが、いつしか物語に引き込まれ、そのコミカルな内容に思わずふふっと吹き出してしまう。

するとそのことに気付いた紗雪が、珍しく目を爛々と輝かせながら話しかけてきた。

「それ、面白いですよね！」

「あぁ、狸ならではの考えに行動、そのくせどこか人間臭いところがなんとも。あと読んでると無性に京都に行きたくなるね」

「わかります！　その作家さん、他にもよく京都が舞台の作品を書いてるので、余計に」

「へぇ、そうなんだ。おススメとかある？」

「そうですね。並行世界を渡る大学生とか、街にペンギンの群れが現れるＳＦっぽいものとか……あ、独自に解釈した日本文学のパロディなんかも――」

祐真に訊ねられた紗雪は、水を得た魚のように嬉々として次から次へとおススメを語りだす。かなりの饒舌ぶりだった。

今まであまり積極的に話すイメージがなかっただけに新鮮だ。それだけ本が好きなのだろう。

ついに身振り手振りまで使って話し出す紗雪（さゆき）を見ていると、なんだかおかしくなって、思わずクスリと笑いを零（こぼ）し、肩を揺らす。

すると紗雪は我を忘れて熱弁を振るっていたことに気付き、恥ずかしそうに頬（ほお）を染め、肩を縮めて俯（うつむ）く。

「知らなかったな、上田（うえだ）さんがこんなに熱くなるものがあるだなんて」

「あうう、お恥ずかしい真似を……」

「いやいや、そんなことないって。何か夢中になれるものがあるってのはいいことだよ」

「そう言っていただけると嬉（うれ）しいです」

驚きはしたものの、そんなに恥ずかしがることもないのにと苦笑する祐真（ゆうま）。

そしてあることに気付き、「ぁ」と小さく声を上げる。

今度は紗雪がどうしたんですかと、キョトンと小首を傾（かし）げ、顔を覗（のぞ）き込む。

「あぁいや、やっぱり話さないとわからないことがあるなって」

「…………それって、倉本（くらもと）くんのことですか？」

「っ！」

紗雪が恐る恐るといった様子で、気遣わしげに訊（たず）ねてくる。

祐真は彼女の口から晃成（こうせい）の名前が飛び出したことに、目を瞬（しばたた）かせた。

「……よく、わかったな」

「それはまぁ、中学から一緒なのをよく見かけていましたから。それに最近の倉本くんは、えっと、すっかり印象がガラリと変わったと言いますか、それで何かあったのかなぁ、と……」

「あぁ……」

どうやら晃成のイメチェンは紗雪のクラスでも噂になっているようだった。

そしていつも一緒だった祐真が図書準備室に籠っているとなれば、何かあるのかと考えるのは当然か。

紗雪はそんな祐真のことをわかった上で、何も聞かず見守ってくれていたらしい。その心遣いがありがたい。もっとも、問題は晃成でなくその妹の涼香なわけなのだが。

とはいえ、この数日で幾分か頭と欲望も冷えてきた。

それにあまり引き延ばすと、話す切っ掛けも見失ってしまうというもの。

「そうだな、ちゃんと話をしてみるよ」

「はい、それがいいですっ」

祐真がそう答えると、紗雪は胸の前でグッと、両手を握りしめる。どうやら背中を押してくれているらしい。

そんな紗雪に祐真が笑顔を返すと同時に、受付の方から「おーい！」と呼ぶ声が聞こえてきた。

「……晃成？」

そちらの方に目を向けると、晃成と莉子がニヤリと笑みを浮かべつつ、手を上げながらやってくるのが見える。

「よ、祐真。来たぜ」

「わざわざこんなところまで。どうしたんだ？　まさか本を借りに来たとか？」

「河合先輩、この晃成先輩がそんな殊勝なことするわけないじゃないですか～」

「うっせー、莉子！」

隣の莉子が茶々を入れれば、自然と笑い声に包まれる。

そして視線の端に、微笑ましそうにしつつも少し困った顔の紗雪を捉える。はたと気付く祐真。

「っと、図書室では声を抑えてくれ晃成」

「お、悪ぃ。そうだった」

バツが悪そうに頭をかく晃成。祐真も苦笑を零す。

とはいえ晃成とも久々に話したが、いつも通りの様子で内心ホッと胸を撫で下ろす。

しかし、肝心の涼香が居ないことにも気付く。

どうしたのだろうか？　祐真は眉間に皺を寄せて訊ねた。

「あれ、涼香は？　一緒じゃないのか？」

「いやぁ、それなんだけどさ」

「そうそう、すずちゃんのことで来たんですよ」

「涼香の……？」

二人の物言いに、ドキリと胸が跳ねる。

心当たりがない。まさか涼香があのことを話したのだろうか？

いや、それにしては二人とも何か悪戯を企んでいるかのような顔をしており、そぐわない。

困惑が深くなっていく。

「おーい、すずちゃーん」

「出てこいよ、涼香ー」

莉子と晃成が入り口の方へ声を掛けるものの、何か動く気配はすれど、出てくる様子がない。

やきもきすることしばし。

早々に痺れを切らした莉子が「もぅ！」と呆れた声と共に駆け寄り、手を引いてくる。そして照れ臭そうに片手を上げながら現れた涼香の姿に、祐真は瞠目せざるをえなかった。

「……よっす」

「…………え」

目の前にいるのは、涼香であって涼香じゃなかった。

今まで地味だった黒髪は明るい色へと変化しており、毛先はふわふわと波打っている。制服も少し着崩され、胸元から覗く鎖骨や、短くなったスカートから伸びる太ももが艶めかしい。

香水なのか、少し甘い匂いが鼻腔をくすぐり、頭がくらくらしてしまう。

涼香は垢抜けて華やかな、可愛らしい女の子に変身していた。まるで別人だ。脳の処理が追い付かず、現実感も乏しく、思わず疑問が口を衝いて出る。

「どう、して……」

「なんか涼香の奴、急に自分もイメチェンするって言いだしてさ」

「河合先輩、どうです？　すずちゃん、めっちゃ可愛くないですか!?」

盛り上がる晃成と莉子の二人とは打って変わって控えめに、涼香は指先で髪を弄りながら、頬を染め少し自信なげに訊ねてくる。

「ゆーくん、どうよ？」

「……すごく、いいです」

「そ、そっか」

すると、未だ混乱の中であってもスルリと出てきた祐真の本心に、涼香は花が咲くような笑みを見せ、ドキリと胸を余計にざわつかせるのだった。


祐真は困惑の只中にあった。

授業中もどこか上の空、考えるのは涼香のことばかり。

一体何が？　どういうつもり？　晃成のように好きな人が出来た、というわけでもないだろう。涼香のことがますますわからなくなっていく。

イメチェンした彼女は端的に言って、可愛かった。

兄である晃成が、腐れ縁の親友である祐真から見ても垢抜けたのを見て、妹である涼香も磨けば光ると朧げに思ってはいたものの、あれは想像以上。しかも、かなり祐真の好みに近い。

それこそ、再び強く触れ合いたいという気持ちが溢れてしまうくらいに。

祐真の思考が纏まらないまま、昼休みが訪れる。

しばし呆然としていると、廊下から声を掛けられた。

「晃成せんぱーい、河合せんぱーい」

「ゆーくーん、お兄ちゃーん」

莉子と涼香がこちらに向かって、控えめに手を振っていた。

彼女たちに気付いた教室はにわかに騒めき出し、「あ、あの子！」「うわ、レベル高っ」「って、倉本の妹!?」「おい、紹介しろよ！」といった声が各所で上がる。

彼らの反応を聞いた祐真は、涼香が余計にどこか遠い存在になったように感じてしまい、くしゃりと顔を歪ませる。

晃成はそんなクラスメイトをあしらいつつ、祐真の肩を叩く。

「行こうぜ、食堂でいいよな」

「……あぁ」

涼香とちゃんと話をすると決めた手前、ここで逃げるつもりはない。

それでも涼香の変貌は予想外なわけで、何を話していいかわからなくなっている。

連れ立って廊下を歩き、食堂を目指す。

早速、涼香は周囲の注目を浴びていた。

これまでこうして視線を集めることのなかった涼香は、この状況への戸惑いが見え、照れているのか恥ずかしがっているのか、口数は極端に少ない。

弁当持参の莉子に席の確保を任せ、それぞれ食券を買う。

涼香は頼んだきつねうどんと一緒に席に着くと共に、盛大なため息を吐いた。

「皆騒ぎ過ぎ、しんどっ」

「ははっ、涼香ってばすっかり珍獣扱いだな」

「お兄ちゃん、うっさい」

「ま、それだけすずちゃんが可愛くなったからねー。河合先輩も言葉がないようだし」

「そう、だな……」

月見そばを啜りながら、適当に相槌を打つ。

そんな祐真をさして気にする風でなく、莉子はスマホの画面を晃成に向けた。

「ところで晃成先輩、やっぱりこのコーデが一番じゃないです？」

「そうだな、じゃあそれにするか」

「そんなあっさり」

「ん〜、なんだかんだ莉子の見立ては確かだから、信用してるし」

「も、もぅ、そんなこと言って！」

どうやら晃成のデートに着ていく服に関して、議論は大詰めを迎えているようだった。

こうしたことは、莉子の独壇場だ。二人の会話をＢＧＭに、ただただ昼食を食べる祐真。

それは涼香も同じようだった。ほんの昨日まではオシャレと無縁だったのだ。その本質はそうそう変わらないだろう。二人を眺めつつ、きつねうどんを食べている。

改めて見ても、涼香はすっかり別人のように可愛くなっていた。

その時涼香と目が合う。ドキリと胸が騒めき、頰が熱を持つ。

涼香が何か口を開きかけるものの、祐真はその内心を悟られまいと、慌てて目を逸らす。

晃成と莉子の会話は続いている。

「とにかく！　実際試着してみないとわかりませんから、放課後お店に行きますよ！」

「え、しなきゃダメ？」

「合わせてみないとわからないことがあるんです！　ほら、私が微調整して完璧に仕上げてあげますから」

「それなら、まぁ」

「お礼に私の買い物にも付き合ってくださいね？」

「うげっ」

「うげっ、てなんですか、うげって！」

「あ、あはは」

「誤魔化さないでください！」

そんな会話が繰り広げられ、放課後の予定が組まれていく。

二人の様子を茫漠と眺める。その間も、周囲からはたくさんの視線を集めていた。

当然だろう。今日の噂の元である涼香だけでなく、莉子と晃成も目立つ容姿をしている。そんな中、変わり映えしない祐真はどう見られているやら。

そして晃成の話が一段落着いたと思ったら、今度は涼香が水を向けられていた。

「あ、すずちゃんにはこういうのが似合いそうじゃない？」

「えっ、さすがに派手過ぎじゃ？」

「ん～、オレはいいと思うけど、祐真はどう思う？」

「俺は……」

画面を見てみると、肩口や太ももが露わになった、煌びやかで可愛くもあるが、ギャルが着てそうな派手な服。

似合うかどうかを聞かれれば、確かに今の涼香に似合うかもしれないが、しかし祐真自身の好みかどうかと問われれば顔を顰めてしまう。

　するとそんな祐真の表情に気付いた晃成が、ニヤリと悪戯っぽい笑みを浮かべ、自分のスマホを取り出し揶揄うように言う。

「祐真はこういう、ちょっと大人しめだけど可愛らしいのが好きだもんな」

「っ、晃成!?」

「へぇ、河合先輩って、こんな感じのが好きだったんですね。フェミニン、よりかはガーリー寄りな感じ……じゃあこれとかどう思います？」

「お、それこないだ気に入ったとか言ってたエロ漫画のヒロインの服に似てね？」

「お、おいっ！」

　莉子が映し出した服は、正に祐真のドンピシャだった。

　さすが悪友、好みをよく知りつくしている。そして余計なことを言うなというべきか。

　そこへ追い打ちをかけるように、目の前の涼香が二人に聞こえないよう、こっそりと囁く。

「ね、あたしがこういうの着たら、どうかな？」

「っ!?」

　思わずその格好をした今の涼香を連想し、誘ってくる様を思い浮かべてしまう。

　顔を真っ赤にして、その場からしばらく立ち上がることができなくなった祐真は、晃成と莉子の微笑ましげな視線を甘受するしかない。

そんな祐真を見て涼香は一瞬目をぱちくりとさせた後、悪戯が成功したかのようにくすくすと小さく笑った。


午後の授業中、ずっと涼香のことを考えているうちに放課後になった。

結局、いくら考えても何もわからないという結論に至る。

だからこそ、やはり話をしなければ。うじうじする時間は終わり。

覚悟を決め、晃成からの「なぁ、放課後なんだけど――」という問いかけに「用事があるから！」と返し、すぐさま一年の涼香たちの教室へ。

すると丁度、そわそわした様子で教室から出てくる莉子がいた。

「油長(あぶらなが)、涼香は？」

「すずちゃん？　何か用事あるって、すぐに出て行きましたよ」

「え？」

今日に限って涼香が居ない。予想外の展開に、思考が一瞬固まってしまう。

「あ、河合先輩はこの後、一緒に晃成先輩の――」

「そっか、ありがと！」

「――河合先輩!?」

祐真は何かを言いかけた莉子の言葉を背に、その場から駆け出し学校を飛び出す。

そして涼香がよく通う書店、雑貨店、お気に入りのシュークリーム屋などを捜すも、見つからない。一応とばかりに倉本家に立ち寄るも、まだ帰宅していなかった。

メッセージで《どこにいる?》と送っているものの、まだ既読すら付いていない。

もしかしたら、今朝までの自分がしたように避けられているのだろうか?

そう思うと自分勝手ながらズキリと胸が痛み、会いたいのに会えないことに悶々とした思いを募らせていく。

やがて心当たりをあらかた捜し終え、明日の朝に摑まえようと思考を切り替え帰宅する。

するとどうしたわけか、家の鍵が開いていた。

「……あれ?」

思わず困惑の声が漏れる。両親は今日も居ないはずだ。

それに帰って来るにしても、こんなに早い時間ではないだろう。

祐真が訝しみながら玄関を開けると、どこか見覚えのあるローファーがあった。

「…………っ」

心臓が一気に早鐘を打つ。

まさか、と逸る気持ちを抑えながら階段を上がり、自分の部屋へ。

「あ、おかえりゆーくん。随分遅かったね」

果たしてそこには涼香が居た。こちらに気付くとなんてことない風に挨拶をしてくる。靴下を脱ぎ上着もその辺に放り投げ、ごろりと祐真のベッドで寝転びながら漫画を読んでいる。いつもと、同じように。

しかしいつもと違って短く折り込まれたスカートは際どいところまで捲れており、脚の付け根も見えかねない眩しい太ももに、ごくりと喉を鳴らす。

「何、で……」

「あ、鍵？　ほら、前にカーネーションだった鉢植えの底の。昔から隠し場所変わってなかったもんで。ていうかよく考えると不用心だよねー」

そう言ってケラケラと笑いながら片手を振る涼香。

しかし祐真はそこで言葉につまり、互いの視線が絡む。

部屋はあの時と同じ茜色に染められている。

ともすれば湧き起こりそうになる不埒な感情を呑み下すように「んっ」と喉を鳴らし、鞄をゆっくりと床に下ろし、一歩前へ。

「その、しばらく避けてて悪かった」

「ホントだよ。さすがにあたしもちょっと傷付いたし」

「色々衝撃的過ぎて、混乱しちゃって、何を言っていいか分かんなくなって……」

「正直さ、一度したら二回も三回も同じだし、すぐにまたえっちしたいって言われるかと思ってた」

「それは……実際そう言いそうだったから、頭が冷えるまで距離を置いてたんだよ」

「…………………へ？」

祐真が気恥ずかしげに胸の内を晒せば、涼香は素っ頓狂な声を上げた。

互いに目を瞬かせることしばし。

「……あはっ、あははははははははっ！」

「す、涼香!?」

やがて涼香は、堪らないとばかりにお腹を抱えて笑い出した。そして祐真の傍にやってきては、バシバシと肩を叩く。

いきなりの涼香の行動に、どうしていいか分からずオロオロしてしまう祐真。

涼香は目尻に浮かんだ涙を人差し指で拭いながら、少し眉を寄せ、困ったように囁く。

「あーよかった。今までのあたしって、見た目が地味でアレだしガサツだったでしょ？　だからゆーくん、そんな女が初めてだったこと後悔してるのかなぁって思ってさ。だからこうしてイメチェンしてみたわけで」

「その変身ぶりにはびっくりしたよ。きっと涼香じゃなかったら、こうして話しかけるのも気後れするくらい、綺麗になったし。……まぁ、今もちょっと尻込みしてるけど」

そう言って祐真がついっと視線をずらすと、涼香は目をぱちくりさせた後、妖しげな笑みを浮かべこちらの首に手を回しながら身を寄せてくる。

「ふぅん。でもま、ゆーくんにそう褒めてもらうのって新鮮。悪くないね」

「お、おい、涼香！　ちょっと離れてくれ！」

「どうして？」

「ど、どうしてって……」

押し付けられた柔らかな身体、可愛らしくなった顔に立ち上る甘い匂いによって、頭の中が涼香に浸食されていく。

祐真はどこか切羽詰まった声色で涼香を窘めるも、涼香はどこ吹く風。それどころか機嫌良さそうに足を絡めてさえくる。

明らかにこちらを煽るアプローチに、意識はあっという間に沸騰寸前になってしまう。僅かに残った頭の中の冷静な部分が、あの時と同じように暴発するのは時間の問題と告げている。

それを必死に抑えているのは、脳裏に今なお強く残る、本能のままに襲ってしまった後の涼香の痛々しい姿と、『ゆーくんのケダモノ。あたし痛いって言ったのに……』という恨み言めいた台詞。

だから祐真は精一杯理性を総動員して涼香の華奢な肩を掴み、切羽詰まった声色で懇願するように言う。

「言っただろ、避けてた理由を。今の涼香はあまりに魅力的過ぎる。このままじゃ、あの時みたいに暴走しかねない」

「それは……困るね。あの時のゆーくん、ホント余裕も理性もなくしちゃってたから」

「なら……っ」

しかし涼香は困った顔でそんなことを呟きながらも、離れる気配はない。

むしろ悩ましげな表情が、余計に祐真を刺激する。

意識してこれをしているとしたら、とんだ罪だろう。

祐真が本能と理性の狭間でほとほと困り果てていると、ふいに涼香がスカートのポケットからあるものを取り出し、握らせてくる。

それが何か――コンドーム、避妊具だと認識した祐真は目を見開き、涼香ははにかみながら囁いた。

「あたしさ、今日はあの日のやり直しに来たんだ」

「涼、香……」

「ゆーくんとのアレがさ、ただ痛かっただけとかやだよ。ね、上書きしよ？」

「けど、俺は……」

ごくりと喉を鳴らす。あの時の自分は性欲に流され、最低なことをした。上書きと言われても同じことを繰り返しかねず、ひどく抵抗があるのも事実。

また失敗してしまうことが、怖い。

「大丈夫だよ、ゆーくん」

その時、涼香はふわりと優しく微笑んだ。まるで祐真の恐れを包み込み、許すかのよう。

すると荒ぶる感情はそのままに、不思議なことにスッと頭の芯が冷えていく。

覚悟を決め、ゴムを受け取る。

「……わかった」

思えばあの時は様々なリスクまで想像の埒外で本当、涼香のことを考えていなかった。

やり直しという機会をくれるというのなら、ちゃんと向き合うべきだろう。

涼香の潤んだ瞳が伏せられると同時に、唇と唇を軽く合わせる。

「ん……」

「んちゅ……んっ……」

ささやかなキスを合図に祐真はゆっくりと涼香をベッドに押し倒し、今度は衣服も一枚ずつ脱がしていく。露わになった肌と肌を直接重ね合わせる。

祐真は細心の注意を払って丁寧に、丁寧に抱きしめ——そして涼香は乱れに乱れた。


太陽は西空へと消えようとしていた。

随分薄暗くなった部屋、そのベッドの上で涼香は顔を祐真の胸に埋めながら、恨めしそうに呻いて言い訳を紡ぐ。

「違うから……あんなの、あたしじゃないから」

「はいはい」

「今度はあたしがゆーくんをひぃひぃ言わせてやるんだからっ」

「楽しみにしとくよ」

「その余裕がむかつく……っ」

事後、というのに甘ったるい空気は全くといっていいほどなく、互いに軽口を叩き合う。そんな今までと変わらず、いつもの延長のようなやり取り。ここしばらく抱え、悩んでいたものを全て吐き出したということもあり、頭も心もやけにスッキリしている。

するとやはり、気になってくることがあるわけで。

思わずそのことがため息と共に、言葉となって零れる。

「……どうしたもんかなぁ」

「ん？　何が？」

「いや、ヤッちゃったなぁって」

「そうだねぇ、ヤッちゃったねぇ」

今度は自らの意思で、涼香と肉体関係を結んでしまった。

とても気持ちのいいものだった。それこそ前回よりも鮮烈な快楽が身体と脳裏に焼き付いている。早速、病みつきになってしまいそうなほどだ。

だというのに、涼香に対する認識が変わっていない。

昔からよく知っている、色々気兼ねなく話せる女の子のまま。

それは涼香も同じだろう。

お互い恋愛感情が存在しない。

けれど二人とも、また交わりたいと思っている。

爛れた、不健全で、不誠実な関係。

「で」

「で？」

「これからどうしたもんかなぁって」

「うーん、彼女にしろとか言うつもりが全くないんだよね、これが。そもそも付き合うとかどうでもいいし、ゆーくんじゃなくとも、自分がイチャラブする姿がまったく想像できないし」

「驚くことに、そこは全く同意見なんだよな」

お互い困った顔を見合わせる。

対外的にも倫理的にも、人の道を外れたことをしていることは百も承知。

セフレ、という言葉が一番近いのだろうけれど、それとはまた何か違う気がして。

本来ならば、何かしらけじめをつけるべきところなのだろう。

だけど、互いにそれを求めるつもりが全くない。

祐真がそのことに眉を顰めていると、ふと涼香が肩に頭をのせながら訊ねてきた。

「そういや、ゆーくん。以前フラれたって言ってたけどさ、その子のことってどうして好きになったの？」

「あれは……自分に気があるかも、もしかしたら付き合えるかもって思っただけ。相手のこともよく知らない。そんな不純な動機だったから本当に好きだったかと聞かれると、とてもじゃないが自信がないな。ただ誘惑されて舞い上がって――性欲に振り回されただけだった。……悪いか？」

「ううん、気持ちはわかるかな。あたしもさ、雑誌でイケメンの鍛えられた裸があれば食い入るように見ちゃうし、えっちな特集が組まれてたら興味津々で読むよ。だからもし、ちょっとカッコイイ人に煽てられて好きだとか熱心に言われたら、きっとあたしも舞い上がったりしてヤッちゃうと思う」

「そうなのか？」

「そうだよ、そんなもん。可愛い子やイケメンとそういうことしたいって欲求はごく自然じゃない？　あたしらの年頃の恋愛って結局さ、性欲が基準になって振り回されてると思うんだよね。そして判断を惑わされている」

「暴論だけど、まぁそうだよなぁ」

「ここ最近のゆーくんが、正にそうだったもんね」

「……うっさい」

　くすくすと揶揄う涼香の脇腹を突けば、「うひゃっ!?」と変な声を上げて祐真の顔をねめつけ……そしてふぅ、とあからさまな大きなため息を吐き、自嘲気味に呟く。

「あたしさ、恋愛ってよくわからない。けど性欲に振り回されたくない。ゆーくんだってそう思わない?」

「それは……そうだけど」

「だから、同盟を組もうよ」

「同盟？　性欲で恋愛に振り回されないための、相互協力関係ってことか?」

「お、カッコいい言い方。まぁ、そういうこと。ゆーくんとならできそうかなぁって。期間はそうだね……ベタだけど、どちらかに性欲を抜きに本当に好きだと思える相手ができるまで！」

「わかった。けどそれ、何かエロ漫画とかでよく見るような設定だな」

「あはっ、そうかも！」

　そう言って涼香は笑いながらも小指を差し出してきたので、祐真も苦笑しつつ小指を絡める。

　了承したと受け取った涼香は悪戯っぽい笑みを浮かべ、耳元に唇を寄せて囁く。

「でもこんな関係、お兄ちゃんやりっちゃんには言えないね」

「ことがことだけに、バレたらどうなるか怖いな」

「ふふ、なら当分二人だけの秘密ってことで」

互いに都合のよい、人には言えない新たな約束を結ぶ。

だけど祐真と涼香は、まるでいつもと同じく悪戯を思い付いたかのように笑い合った。

第四話　変化した日常と関係

涼香との色々な懸念事項を解消し、肩の荷を下ろした翌日。

祐真は足取り軽く、しかし少し落ち着かない気持ちで家を出た。

見上げた空はまるで祐真の心境を表しているかのように、雲一つなく澄み渡る青。

代わり映えしないはずの街並みが、どこか違って見える。

いつもの待ち合わせ場所に差し掛かると、丁度示し合わせたかのように倉本兄妹と鉢合わせした。

「お、はよーっす祐真。今日はちゃんと来たんだな」

「あ、ゆーくんおはよ。図書委員の方はもういいの？」

「っ！　おう、まぁな」

こちらに気付いた二人に祐真は少しドキリとしつつも、努めていつも通りを装いつつ片手を上げて返事をする。その視線は涼香へ注がれていた。

先日までの寝癖もそのままひっつめた黒髪と違い、ふわふわ揺れる明るい髪色。今までの杓子定規な制服姿と違い、適度に着崩して下品になり過ぎない程度に短くされたスカート。

こうして改めて見てみると、やはり涼香は「ほぅ」と息を吐いてしまうほど可愛い。

だけどそれだけ。特に好きだとかそういう気持ちは今さら湧きやしない。

そんな涼香と人には言えない関係を結んでいるというのに、どうしてか内緒の悪戯めいたことをしている気がして、クスリと笑みを零してしまう。

するとそんな祐真の反応に気付いた晃成は、ニヤリと口元を歪め揶揄うように言ってくる。

「お、やっぱり祐真も、涼香が見慣れないか？」

「あぁ。以前と全くの別人というか、化けたというか」

「でも中身は変わってないぞ？　相変わらず胸は絶ぺ――あいててて⁉」

「お兄ちゃん、うっさい！」

晃成の言葉に頰を膨らませ、脇腹を抓る涼香。

それから逃れようと身を捩り、先を行く晃成。

涼香は自らの気にしている身体的特徴を口にした兄をねめつけながら、腰に手を当てて息を巻く。

祐真はといえばその様子を眺めつつも、ささやかながらも確かに異性の柔らかさの感触を思い返し、慌ててそれを誤魔化すように小さく頭を振る。

するとこちらに気付いた涼香は、自らの胸を見やった後、耳元に口を寄せてこっそりと囁いた。

「お兄ちゃんを見返せるよう、ゆーくん育ててよね」

「っ、あ、あぁ」

かろうじてそれだけを喉から絞り出す。嫌でも昨日のことを意識してしまう。

祐真は妖しく笑う涼香に、朝から際どいことを言うなよと、困った笑みを返した。


「わ、河合先輩、今日はちゃんといるんですね！」

「まぁね」

いつもの駅で乗り合わせた莉子は、祐真の姿を見るなりホッとした声を上げた。

そして小さな声で祐真に囁く。

「ちゃんと、すずちゃんと仲直りしたんですね？」

「あ、あぁ」

仲直り。

その言葉で一瞬ギクリとしてしまうものの、よかったと微笑む莉子にすぐさま笑みを返す。

実情はどうあれ、莉子にも心配されていたらしい。

「そういえば晃成先輩、例のバイト先の先輩の好みとか知ってます？　好きな色とか、モノとか、今嵌ってるものとか」

「うっ、全然……」

「はぁ、今まで全然そういうリサーチしてこなかったんですか？　約束してから、バイトで一緒の時とかあったでしょう？」

「そ、それはそうだけど……」

「お兄ちゃん、ヘタレだから」

「う、うっせぇ涼香！」

「…………」

話題はすぐさま晃成のことへ。それは電車から降り、学校へ向かう間も続いていた。

どうやら祐真がいない間に話は他にも色々と進んでいたようだ。事情がよく分からないので口を挟めそうになく、一歩引いたところで聞くに徹する。

莉子に呆れられつつアドバイスされ、涼香に弄られ揶揄われながら、一喜一憂する晃成。

祐真はそんな親友を相変わらず大変だなと少し冷めた目で苦笑しながら、周囲を見渡した。

当然ながら同じ制服の様々な生徒たちが歩いており、そして涼香へと視線を戻す。

（涼香って、かなり可愛い方だよな……）

つい無意識のうちに、涼香と他の女子たちを比べてしまう。

イメチェンして可愛くなったとは思っていたが、あくまで主観。それに昨日は驚きが占める割合も大きかった。

しかし改めて大勢の中で比較してみても、人目を惹く容姿だ。事実、ちらちらと涼香に向けられている視線にも気付く。

それだけ涼香が客観的に見ても魅力的なのだろう。この特別な関係を持つ、昔からよく知る親友の妹に、少しばかり誇らしい気持ちも湧く。

しかも祐真は目の前を歩く涼香の制服の下に隠された、誰も知らない均整の取れた華奢な身体、その柔らかさや触り心地、他に類のない快楽を知っている。

祐真の表情が少し締まりなく緩む。

するとその時、ふいにこちらに気付いた莉子と目があった。

先ほどの考えが顔に表れていたのだろう。莉子はしばし目をぱちくりさせた後、冷やかすような笑みを浮かべ囁く。

「おやおや～？　河合先輩、今すずちゃんに鼻の下伸ばしてましたか～？」

「い、いや別にそういうんじゃ……ただ他の子と比べてみても、可愛いなって思って」

「でしょ!?　すずちゃん素材いいんだし、絶対可愛くなると思ってたんですよね！」

「あぁ、そこは油長の見立て通りだったな」

「ふふっ、しかもアレ、河合先輩と仲直りする切っ掛け作りのためですよ。イメチェンしたら、嫌でも話題に上るだろうからって。この、この～」

「いやそれは、まぁ……」

含み笑いで脇腹を軽く小突く莉子。

つい反射的に言い訳を紡ごうとするも、まぁ間違いではない。

ただ初めての上書きの為という、大っぴらに言えない理由なわけで。

ふと目が合った涼香も、なんとも困った顔をしつつもニヤリと可笑しそうに笑う。

祐真はいろんなものを誤魔化すように、莉子へと曖昧な笑みを返した。


昇降口で一年組と二年組に別れ、それぞれのクラスへ。

「はよーっす」

晃成は教室に入るや否や、恋バナで沸くクラスメイトに捕まり、囲まれる。

「おっす、倉本！　そうそう、これ見てくれよ」

「この辺りでパンケーキの店って言ったらここだよね～、わたしも行きたーい」

「いつも並んでるの見るよなー、ここ行った後とかどうする？」

「え、えっとまずは一緒にお店に行けるだけで――」

「ばっか、それだけじゃ――」

デートの目的地である、パンケーキの店の話を振られているようだ。

彼らの言葉には熱が籠っていた。最初こそは興味本位からだったけど、今や応援したいという気持ちだというのが伝わってくる。

どうやら晃成は必死になってバイト先の先輩のことを相談しているうちに、すっかり皆に可愛がられるようなキャラにもなっていた。

祐真はそんな彼らの様子を薄ぼんやりと眺めながら、冷めた頭で思いを巡らす。

(恋人って、そんなに欲しいものかねぇ)

付き合う、というのはどういうことだろうか?

特定の相手をよく知るためにデートをして共有する時間を重ね、いくつかのプロセスを経て、えっちをする。

何のかんの綺麗ごとを並べたところで、高校生の恋愛の最終目標なんてしょせん、性欲を満たすためだろう。

それは人としての本能的なものに違いない。

性欲は食欲や睡眠欲と並ぶ、人として避けて通れぬ三大欲求の一つなのだ。

その欲求は強くて当然。

だからこうして、教室の各所で話が盛り上がっている。

もちろん、祐真には晃成を応援する気持ちがある。

親友がこうも頑張っているのだ、せっかくならうまくいって欲しいと思う。……もっとも、莉子の気持ちを考えると複雑なところはあるのだが。

とはいえ、よく恋愛に夢中になれるなと、どこか引いたところから見る気持ちが以前より一層強くなったのは、涼香とのことがあるからだろう。

祐真の目には、皆が性欲に振り回されているように映る。

だけどそれも仕方がない。あれはとても気持ちがいいものなのだ。

彼らの一体どれだけがそれを知っていることやら。

祐真の胸の中に歪な優越感が生まれ、ついつい昨日の涼香とのことを思い返す。身体の奥底が甘く疼く。

そう、今の祐真には涼香がいる。

誰もが羨むような可愛い女の子と素肌を触れ合わせ、深いところで繋がり、意識も混然となって一つになっていくあの快楽は、肉体的にも精神的にもクセになる。あの欲求に逆らうのは酷く難しい。一度経験してしまったから、なおさら。

しかも同盟を組んだ涼香とは、性欲に振り回されないよう、したくなったらお互い我慢せずにいつでも気兼ねなくしようねと約束している。そのことを思い返すとたちまち、昨日散々したというのに、またもドロリとした欲求が込み上げてきてしまう。

（……あ）

やばい、と思った時には遅かった。

完全に頭が涼香のことで埋め尽くされる。

悶々としてしまい、授業は完全に上の空。ある意味、性欲に振り回されている状況。

どうしたものかと眉根を寄せる。

そんな古典の授業中、昔の恋文のやり取りの解説を聞いていると、はたと気付く。こっそりスマホを取り出し、涼香へのメッセージを開く。

（………）

しかしそこで指が止まる。

一体、何といって誘えばいいのだろうか？

——ちょっとムラムラしてきたから頼む。

いくら気心知れた涼香相手とはいえ、さすがにこんなことをバカ正直に書くのは、デリカシーに欠けていることくらいわかる。

考え込むことしばし。

《今日の放課後、空いてる？》

まずは予定が空いているかどうかを訊ねた。

よくよく考えてみれば、涼香にも涼香の予定があるだろう。

当然ながら授業中に返事が来るはずもなく、やきもきと焦れるように残りの時間をやり過ごす。

チャイムが鳴り、休み時間。

平静を装いつつ、スマホの反応をもどかしく待つ。一分が何時間にも伸びているかのような感覚。ややあって届いた涼香の返事に、祐真はしかめっ面を作った。
《今日はりっちゃんたちのグループと金魚モールに行くんだ〜。昨日から期間限定で出店してるお店でさ、デコレーションバウムクーヘンってのが売ってるんだって！》
どうやら先約があるらしい。
文面から、涼香がそれを楽しみにしているというのも伝わってくる。そこへ水を差すというのも野暮だろう。
祐真は肩を落としながら返事を打つ。
《そっか》
《あ、ゆーくんの分も買っとこっか？》
《いや、いい》
思いの外、落胆している自覚はあった。ついつい素っ気ないメッセージになってしまう。
気勢を削がれ、しかし妙に昂った気持ちを持て余し、少し拗ねた風に唇を尖らせ小さく息を吐く。
とはいえ、駄々をこねても仕方がない。
気を取り直し、外の空気でも吸おうと席から立ちあがったところで、涼香から追加でメッセージが届く。
《あ、もしかしてゆーくん、今日もあたしとえっちしたかった？》

「っ！」
あけすけな言葉でずばりと本心を突かれ、ドキリと胸が跳ねる。
迷いは一瞬、涼香相手に変に気取っても仕方ないだろう。素直に認める返事を打ち込む。
《いや、まぁ、そうだけど》
《昨日あれだけしたのに、もうしたいんだ？》
《いいだろ、別に。予定があるならいいよ》
《あはは、しょうがないねぇ。うーん……少し遅くなってもいいなら、ゆーくん家行くよ。
今日も一人だよね？》
《あぁ》
今度は気恥ずかしさから、返事が素っ気なくなってしまう。
スマホの向こうでニヤニヤとしている涼香が、容易に想像できる。
まるで手のひらの上で転がされているかのようだった。

「晃成せんぱーい、来ましたよーっ」

昼休みになると、莉子が涼香を伴ってやってきた。

「やほー、ゆーくん、お兄ちゃん」

「おう、今ちょっと待ってろ！　行こうぜ、祐真」

「あ、あぁ」

先ほどのやり取りもあり、祐真は正面から涼香のことを見られない。

涼香はというと、やけにニコニコと上機嫌。時折、内心を見透かしたような含み笑いを向けてくる。今にも『ゆーくんの、えっち♪』と揶揄ってきそうな顔だった。

それは食堂でお昼をとりながら、晃成の話で盛り上がっている最中も同じで、気まずさを覚える祐真。

そして皆が食べ終えたタイミングで、ふいに涼香が「あ」と声を上げた。

「ちょっと用事思い出しちゃった。ゆーくん借りてくね。りっちゃんたちは先に戻ってて」

「へ？」

「すずちゃん？」

「お、おう」

涼香に急に腕を取られたかと思うと、ぐいぐいと引っ張られていく。その足取りはやけに軽い。事態がよく呑み込めず、されるがままになる祐真。

やがて周囲の目を避けるようにしてやってきたのは、校舎の端にある非常階段。

鉄扉を開けて身体を滑らし、周囲を見回し誰もいないことを確認するや否や、涼香は強引気味に祐真の唇を奪い、舌と足を絡ませてくる。

「んちゅ……んっ……ちゅっ……んんっ……」

「ん……んん……んっ……」

いきなりのキスに面食らう祐真。押し付けられた涼香の身体は、やけに熱を帯びていた。

涼香の熱によってせっかく収まりかけた祐真の性欲にも、徐々に火が点けられていく。

このままではやばいとわかっていても、涼香のキスで理性を溶かされ頭はくらくらし、身を任せてしまう。

まるで食べられているかのような錯覚。

だというのに、引き剝がすことなんてできなくて。

やがてたっぷり五分は祐真を味わいつくした涼香は、ゆっくりと身を離す。二人の唇と唇の間に銀糸が架かる。

こちらを見つめる涼香の瞳はうっとりと濡れており、息も荒い。

「涼香」

少しばかりの冷静さを取り戻した祐真は、すっかり火照ってしまった身体を持て余しながら、咎めるような声で名前を呼ぶ。

涼香は悪戯っぽくチロリと舌先を見せ、少し恥ずかしそうな、しかし熱っぽい声で囁く。

「いやぁ、なんかこう、ゆーくんの反応が可愛くって、つい」

「可愛いって……」

くすくすと可笑しそうに笑う涼香。

子供っぽい反応をしていた自覚もあり、羞恥で眉根を寄せ、頬を染める。

すると涼香は宥めるように祐真の首に手を回し、甘えるようにしな垂れかかる。

「あとはね、うれしかったから。だからこう、あたしも火が点いたというか、ついキスしたくなっちゃって」

「うれしい？」

「ほら、昨日の今日でまたすぐにしたいって言ってくれてさ。あたしもそれだけ強く求められるの、悪い気はしないし」

「そういうもんなのか？」

「そういうもんだよ。ほら、初めての時は逃げられちゃったし。イメチェンした甲斐があるってもんだ」

「うぐっ、それは……」

「ふふっ、てわけで放課後待っててね、ゆーくん」

「あぁ」

そして祐真と涼香は約束の指切り代わりとばかりに、再び唇を交わした。

その日の残りの授業中は、完全に心ここにあらずだった。

頭の中は、帰ってから涼香とすることばかり考えて気もそぞろ。度々昨日の涼香の姿を思い返しては、欲求が鎌首をもたげそうになり、必死になって押さえつける。

その様子は傍から見て随分と険しい顔で、落ち着かないように見えたのだろう。

放課後になるや否や、晃成が気遣わしげに話しかけてきた。

「なぁ祐真、どうかしたのか？　それとも体調でも悪い？」

「っ、あぁいやちょっと考え事をしていてさ」

「そうか？　何か悩みがあるなら聞くぞ？　今日のバイトまでまだ時間があるし」

「いや、大丈夫、大丈夫だからっ！」

「あ、おいっ！」

祐真は晃成に邪魔されては堪らないと、教室を飛び出していく。

足は自然と早足に。

電車を待つ時間ももどかしい。

とはいえ祐真が早く帰ったところで、涼香は友達と金魚モールで遊んでから来るのだ。

窓から流れる景色を眺めつつ、そこに映る気が逸った自分の顔を見て苦笑い。

電車を降り帰宅し、もどかしそうに鍵を開け、自分の部屋へ。

定位置に鞄を置き、ブレザーを脱ぎ、ベッドに腰かけ気持ちを抑えるため深呼吸。

するとベッドから香る、微かな涼香の残滓を感じてしまい、余計に落ち着かなくなる。

「……くそっ」

思わず悪態を吐く祐真。

どうやら自分でも呆れるほど涼香を求めているらしい。

我ながら節操がないなと、自嘲のため息が漏れる。

ごろりとそのまま寝転び、気を紛らわせようとスマホの漫画アプリでブックマークしている作品の最新話を読むものの、どうにも内容は頭の中を空滑り。

それでも悶々とした気持ちを抑えるべく、ただ作業のように画面を眺めた。

二百を超える専門店に飲食店街、更にシネマコンプレックスも擁する金魚モールには、イベントフロアがある。涼香はクラスの女子たちと共にそこで開催されている、バウムクーヘンのフェアにやってきていた。

こういう催しは珍しくない。つい先日も祐真や莉子、兄たちと共に世界のプリン博にやってきたのをよく覚えている。あの時は物珍しいプリンに心を躍らせたものだ。

だけど今は、煩わしいなという気持ちでいっぱいだった。

「倉本さん、急に雰囲気変わって話しかけてくる男子が増えたけど、隙を見せちゃダメだよ？」

「さっき教室で話しかけてきた今西くんとか、他に気になってる子が居るって言ってたし」

「こう、前が前だったから、なんていうか男子から話しかけるハードルが下がってるというか」

「へ、へぇ……」

涼香は彼女たちから繰り出される言葉に、頬を引き攣らせながらただただ相槌を打つ。

先ほどからバウムクーヘンそっちのけでそんな話ばかり。

どうやら牽制されているらしい。

確かに教室でも、イメチェンした涼香に話しかける男子は増えた。

その中に、彼女たちが狙っている人がいるのだろうか。

――あぁ、まったくもってメンドクサイ。

せっかく珍しいバウムクーヘンがあるとウキウキしてやってきたというのに、気が滅入ってしまう。

これだから恋愛ごとは好きになれないのだ。

そもそも、恋愛というものがよくわからない。

しかし皆にとっては強い関心ごとなのだろう。

それに馴染めない自分は、まるで大切な何かが欠けている感覚。

もちろん涼香には、クラスの男子とどうこうするつもりはない。中にはイケメンだと思う人もいるが、とてもじゃないが今はその人たちとイチャつく姿なんて想像できやしない。えっちなんて、なおさら。

あんなカエルの轢死体のような格好で縋りついて悶える姿なんて、祐真だからこそ曝け出せるのだ。本音を言えば、祐真相手でさえまだ少し恥ずかしい。とてもじゃないが他の人には無理だろう。

あぁ、早く帰りたい。

昼間の祐真からのメッセージのことを思い返す。

文面からも、祐真が何をしたいかはよくわかった。

この年頃の男子の性的欲求事情は、よくわかっているつもりだ。兄という身近な異性がすぐ近くにいるし、下ネタで盛り上がる男子もよく目にしている。

祐真も当然、身体目当てなのは百も承知。

それでも祐真に求められるのは嬉しかった。

どうしてか祐真に求められ、交わっている時は、欠けているものが埋められるような気がして。

だから祐真とするのは、嫌じゃない。むしろ望むところ。

ちょっぴり都合よく利用しているような気がするが、それはお互い様。

一刻も早くここを後にしたい涼香は、どう話を切り出すか、頭を働かせるのだった。

◇◆◇

漫画を一通り読み終え、適当に興味を引く記事を流し、時計の短針が一つ進む頃。

ふいに玄関のチャイムが鳴らされた。

「っ！」

祐真は弾かれたように身を起こし、転がるように階段を滑り下り、扉を開ける。そこには紙袋を掲げる涼香がいた。

「来たよー。ちゃっちゃと理由つけて、テイクアウトだけして抜けてきた。あ、ゆーくんの分もあるよ？」

「あ、あぁ」

「いっやー、ケーキみたいな感じでさ、全然バウムクーヘンって感じがしなくって。いろんな種類もあるし、目移りしちゃったよ～」

「そうか」

そんな話をしながら、くすりと悪戯（いたずら）っぽい笑みを浮かべながら家の中へと入る涼香。その際祐真の鼻腔（びくう）を、今まであまり意識しなかった涼香の甘い女の子の、抱き合った時と同じ香りがふわりとくすぐる。

ごくりと喉を鳴らす。

「どうする、先に食べる？　あ、飲み物いるかも――」

「後で」

祐真は扉が閉まった瞬間、靴を脱いで上がろうとしていた涼香を、背後から抱きしめた。

涼香はいきなりのことに驚き、一瞬身体をビクリと震わせた後、鞄を下ろした手を祐真の手に重ね、優しい声で訊ねる。

「……いきなりしちゃう感じ？」

「ダメか？」

「ん～、ほら、あたしお昼少なかったからさ」

「そう、か……」

「もう、仕方ないなぁ。我慢できない感じ？」

「けっこうキツイ」

「かなりはち切れそうな感じでお尻に当たってるし。はぁ、これ完全にえっちしたいモードだ」

「涼香」

「ふふっ、そんな情けない声出さないで。別にゆーくんとするのがイヤってわけじゃないんだし。ほら、せめてベッド行こ？」

「あぁ」

くすくすと笑い振り返り、ツンと祐真の鼻を突く涼香。その顔には少しばかり悪戯めいた色が混じっていた。

手玉に取られているなと思うものの、今まで我慢していた祐真の思考は完全に性欲に支配されており、ここで更にお預けを喰らうとどうにかなってしまいそう。

涼香に窘められながら手を引かれ、階段を上り、祐真の部屋へ。

「ね、あたしが昨日置いてったゴム、どこ？」

「机の上から二つ目の引き出しの中」

「あ、あった。ゆーくん、ベッドに腰掛けて」

「ん」

促され、ベッドに腰掛ける祐真。すると、涼香はゴムを片手に、にんまりと笑みを浮かべ、祐真の足の間に身体を割り入れベルトに手をかける。

「あたしが着けるね。ていうか、一度じっくり男の子のって見てみたかったんだ――わ」

「すず、か……」

祐真はもどかしそうに涼香の名前を呟く。

チロリと唇を舐める涼香。

その瞳は好奇心で爛々と輝いていた。

限界まで焦らされた形になった祐真は、すっかり暴走してしまった。

涼香はぐったりした様子で枕に顔を埋め、息も絶え絶えに涙混じりのくぐもった声を漏らす。

「……ゆーくんの、ケダモノ」

「すまん、加減が……というか涼香が散々焦らしたから」

「まぁ反応が面白くてつい、てのは認めるけど。すごいガッつきようだったね」

「悪い」

揶揄うように、くすくすと笑みを零す涼香。

祐真は気恥ずかしげに離れ、最低限の身だしなみを整え、換気の為に窓を開けてシュッシュッと消臭剤を振り撒き事後の処理をする。

涼香ものろのろと起き上がり、あられもない姿のまま自分の鞄からコームを取り出し、時折コンパクトミラーを確認しながら髪を梳く。

「あ、結構髪が絡まってるや。ゆーくん、激しかったからなぁ」

「涼香も人のこと言えないだろ」

「まぁね。慣れるまで女の子の方はしばらくかかるって聞いてたけど、二回目から全然そんなことなかったたし、もしかしてあたしたち、相性ばっちりなんじゃない？」

「そうかもな」

互いに肩を竦めながら小さく笑う。

そこには事後だというのに、色めいた空気なんて微塵もなかった。

いくら割り切った関係とはいえまだ三度目。だというのに、やけに慣れたかのような空気。

昔から互いのことをよく知っているからだろうか。

まだ三度目にもかかわらず、まるで今までずっとこんな関係だったかのような錯覚すらある。

それがなんだかとても、祐真と涼香らしいと感じた。

するとふいに涼香が何かに気付いたかのように「あ」と声を上げる。

「そうだ、ゆーくん」

「うん？」

「今気付いたけどさ、出すもん出したら余韻もへったくれもない感じ、さすがにやばいよね。あたし完全に道具扱いじゃん」

「……ぁ」

涼香の指摘で、しまったとバツの悪い顔になる祐真。言われてみれば、確かに配慮に欠けている。よよよと芝居がかった涼香に、何と声を掛ければいいのやら。

祐真がどうしたものかと眉を寄せ低い唸り声を上げていると、急に涼香が噴き出した。

「うそうそ、別に怒ってるってわけじゃないから。あたし、彼女じゃないし。でもそれ、もし彼女にやったらダメだぞって話。身体目的って思われるからね」

「それは……確かにそうかも。ごめん、悪かった。まぁその、肝に銘じとく」

「あはは、謝らなくていいって。でもまぁ、うむ、その意気、よろしいぞよ」

涼香は大仰に頷いた後、着衣の乱れを直し始める。

気にしないでいいと言っているものの、最低限の礼儀というのはあるだろう。さすがに気まずい顔になってしまう祐真。

身だしなみを整え終えた涼香は、祐真の家族に見つからないよう、おもむろに使用済みのティッシュやゴムをビニール袋に詰め込みながら呟く。

「そういや、ゴムってもうないよね？」

「さっきので最後だな」

「うぅ、あたしが爪で引っ掻いちゃったばかりに」

「補充しなきゃだな。ちなみに今使ってるのってどうしたんだ？」

「二駅離れた先にあるコンビニで、早朝に買ってきた。いっやー、心臓バクバクでさ、あの日は一気に目が覚めたよ」

「ははっ、だろうな」

そう言って互いにくすくすと笑い合う。いつも通りに。

「ま、それはそれとしてさ。ゴムないのはやばいよね」

「要るよな、もしものことがあるとアレだし」

「そういやさ、味付きのゴムってあるらしいね。いちごとかチョコ味の」

「なんだそれ？　匂いとか移ったりしないのかな？」

「あはは、どうなんだろ？　で、気にならない？」

「気にはなるけど、どこに売ってんだよ、そんなもの」

「それだよねー。まさか通販で買うわけにもいかないしさ」

残念そうに肩を竦める涼香。

祐真は相変わらず好奇心旺盛なやつ、と苦笑を零す。

「ま、今度はゆーくんが新しいゴム買っといてよ」

「お、おぅ、用意しとく」

「ふふっ」

その時、ふいに涼香がどこか嬉しそうな笑みを浮かべる。

訝しげな顔をする祐真。

「涼香？」

「いや、そのへん生でしたがるとかよく聞くし。ゆーくんでよかったなぁって」

「そりゃ、涼香だから当然、気を付けるだろ」

「っ、そ、そっか！」

どういうわけか、目をぱちくりさせて驚く涼香。そして、ふにゃりと機嫌良さそうに鼻を鳴らす。

祐真(ゆうま)は何を当たり前のことをと、訝(いぶか)しむように首を捻(ひね)るのだった。

第五話　予期せぬ邂逅

夜も随分と深まった午後十時過ぎ。

西空には今にも山へと沈みそうな位置で、朧（おぼろ）げに光る少し欠けた月。

多くの人は帰宅し、子供ならもうとっくに夢の中という時間帯。

ほどなく補導されかねないという時刻にもかかわらず、祐真（ゆうま）は普段よく使うスーパーやコンビニがある駅前とは逆の方向へと、自転車を走らせていた。

向かう先は住宅街の外れ、県道と交わるところにあるコンビニ。

目的はゴムを買うため。なるべく人と会わない時間、知り合いと遭遇する可能性が低い場所として選んだところだ。もちろん、祐真自身の普段の生活圏からも遠く離れており、存在は知っていても利用したことはない店舗である。

昼間はそれなりに交通量が多いものの、この時間ともなれば静かなもの。

結局、数台の自動車とすれ違っただけで目当てのコンビニへとたどり着いた。

自転車を停めた祐真はジャケットのボタンを一番上まで閉め、ニット帽を目深に被（かぶ）りなおし、改めてコンビニを見上げる。

いつも使っているコンビニとは違うチェーン店ということも相まって、その入り口はまるで異世界への扉のよう。

イケナイことをしているかのような後ろめたさにも似た高揚から、胸はやけにせわしなく早鐘を打つ。

祐真はズボンのポケットに財布があることを確認してから、おそるおそる店内へ。周囲を窺うよう、ぐるりと見回す。

「………」

レジの少し離れたところには、退屈そうにしている大学生らしき年齢の男性店員。それから近所の人と思しき、スウェット姿の男性が漫画雑誌を立ち読みしている。案の定、人は少ない。

さて、問題のゴムはどこに置いてあるのだろうか?

何ぶん初めてのことでわからない。

あるとすれば、普段はあまり利用しないものが置かれているコーナーだろうか。

祐真はやけにざわつく胸を無理矢理抑えつけながら、なるべく平静を装い店内を歩きつつ、顔は動かさず目だけで棚を流し見る。

しかし、奥まで歩いてみるも、見つからない。思わず眉間に皺を寄せる祐真。モノがモノだけに、きっとわかりにくいところにあるのだろう。

ちらりと視線を走らせる。店員はレジの裏で何かの作業、客の男性は相変わらず立ち読みをしており、自分が見られていないことを確認してから、棚の商品を再度あらためる。

まずは本命だと定めた男性用品のコーナーへ。ヘアワックスや洗顔用品、制汗グッズに髭剃り用ジェルなどエトセトラ。そういったものが意外と感じるほど種類があって驚くものの、目当てのモノは見つからない。

続いて女性用品のコーナーへと移る。いろんな種類のコスメやサプリメント、他にストッキングや生理用品など、男子には縁がないものばかりで気まずさから顔を赤くして探すも、見当たらない。

そしてペンやノート、封筒などがある文具コーナーを覗いてみるも置いてあるはずもなく、どんどん険しい表情になっていく。

もしかして取り扱っていないのだろうか？　しかし涼香はコンビニで買ったと言っていたし、酒やタバコのように販売免許が必要とは思えず、その考えを否定する。

そして最後に覗いた歯ブラシやトイレットペーパー、洗剤や絆創膏など置かれているコーナーの一番下の段、ボックスティッシュと冷却シートの間に挟まれる形でひっそりと目的のものがあった。

（日用品扱いなのか）

ちゃんとあったことに胸を撫で下ろす。なるほど、確かにこれは日用的に使用し、様々な不都合を防ぐものなのだろう。予想外の扱いをされていることに納得しつつも、つい小さくクスリと笑う。

そして手に取ろうとした時、ふいに気恥ずかしさが噴き出してしまい、手が伸びてくれない。

ここに来てコンドームを買うということに、奇妙な抵抗感が胸に湧く。

まるで禁じられていたものに、手を出すような感覚。

心臓はやけにドクドクと騒がしい。

ここで買わないという選択肢はないだろう。涼香のことを思えば、当然。

とはいえ、ついこの間までは縁もゆかりもなかったものなのだ。

これを買う自分が、まるで周囲からお前はそんなものが必要な人種なのかと思われているような気がして、ついキョロキョロと店内を見回す。店員も立ち読みしている男性もこちらを見ていないことにホッと息を吐き、その場を離れる。

一旦、気を落ち着かせる必要性を感じた。

仕切り直すかのようにフッと小さく息を吐き出し、客が自分以外いなくなったら買おうと心に決め、いったんドリンクコーナーへ向かう。

茫漠と何があるのかを眺め、何度か視線を上下左右に動かしたあと、無難にいつも飲む銘柄のお茶を手に取る。

今度はパンやお菓子のコーナーで適当にキョロキョロと視線を動かす。

特にお腹が空いているわけでもないし、何かを買うつもりもない。

ただふと目についた箱入りチョコレートが、丁度ゴムの箱と同じくらいの大きさだったので、カモフラージュになるかもと思いすかさず手に取った。

雑誌コーナーを見てみると、まだ男性が立ち読みしている。

早く帰れと念を送っていると、とある雑誌が目に入った。『この夏に流行るヘアスタイルはこれ！』という文字が表紙に躍る、晃成の部屋でも見かけた有名な男性向けファッション雑誌。

窓ガラスに視線を移せば、随分伸びるに任せたままの髪型の自分。

思わず、くしゃりと顔を歪める。

一応、清潔であることは心掛けているものの、オシャレとは程遠い姿だ。

事実、今まで髪型にこだわりなんてものはなく、邪魔にさえならなければいいと、安さだけを考え適当なところで切ってきた。

こうして見てみても、教室の中では埋もれてしまうような、冴えない容姿。そんな自分の隣に、今の涼香の姿を並べて想像してみる。

「…………」

どう考えても、釣り合いがとれているようには見えないだろう。

晃成や莉子と並べても同じだ。祐真だけが、ダサくて浮いている。

そんな自分がゴムを買うだなんて、なんて滑稽。

自然と足はその雑誌のところへと向かい、お茶とチョコレートを脇に抱えながらパラパラとページを捲る。

見慣れない用語が飛び交っているものの、そこに掲載されている服や小物は、こうしたことに疎い祐真の目にも、オシャレだと思えるものばかり。

思わず低い唸り声を上げ、何かしらの参考になるかもと考えていたその時、立ち読みしていた男性がトイレに向かっていくのに気付く。

「っ！」

祐真は今がチャンスとばかりに、雑誌を手に持ったまま素早くゴムを手に取り、レジへ。

こちらに気付いた店員がゆっくりとした所作でやってくることにやきもきしつつも、なるべく無表情を装う。

雑誌と箱チョコレートのバーコードが読み込まれていき、そしてコンドームが読まれた時にごくりと喉を鳴らすも、そのままなんてことない風にお茶を読み込まれ、安堵する。

「紙袋使いますー？」

「……え、紙？　えっと……」

しかし突然、店員から思いもよらぬことを訊ねられ、びくりと肩が跳ねる。

どういう意味かわからない。レジ袋ならわかる。

祐真が目を泳がせていると、店員は気怠そうな表情で視線をゴムへと促す。

するとたちまち顔が真っ赤になっていき、そして反射的に上ずった声で返事をした。

「い、要りますっ」

「レジ袋は——」

「それもお願いしますっ」

言うや否や、店員は茶色い紙袋へゴムの箱を入れ、レジ袋へと詰める。祐真はそこでようやく、紙袋はあまり他の人の目に触れさせたくないものを隠すためだと理解する。

「千九百七十六円すー」

「に、二千円からでっ」

「現金支払い、そちらからでー」

「っ、はい」

店員が慣れた手つきでレジ袋へ商品を入れる傍ら、祐真はより頬を熱くさせながら、あたふたとセルフレジで支払いを済ませる。

完全に挙動不審になっている自覚はあった。店員はさしてこちらを気にしていないのが幸いか。もしかしたら、似たようなケースによく遭遇しているのかもしれない。

「ありあしたー」

そしてレジ袋を奪うように受け取るなり、顔を俯かせ早足で出口へ向かう。

もう用は済んだ。さっさと帰ろう。とにかく、早くこの場を離れたい気持ちでいっぱいだった。

「あれ、河合くん?」

「っ、上田さん……？」

しかしその時、コンビニに入ってきた紗雪とばったりと鉢合わせした。

紗雪は上がトレーナーに下がジャージという、ラフな格好。家からつい部屋着で訪れた感じだ。祐真との遭遇は寝耳に水だったのだろう。垂れ目がちな大きな目を丸くし、どうしてここにと言いたげにぱちくりさせている。そして少し恥ずかしそうに身を捩らす。

祐真もまた、知った顔と出会うだなんて露ほども思っていなかった。ゾクリと肝が潰れ、思わず反射的に買ったものを隠すかのようにレジ袋を胸に掻き抱く。

そんなあからさまな行動を取れば、何か怪しいものを買ったと言っているようなもの。

紗雪の目が訝しむ色へと変わり、レジ袋へと注がれる。

背筋に冷や汗を流し、一歩後ずさる祐真。

心臓は痛いくらいに早鐘を打ち、今にも破裂しそう。

――何か言い訳しなければ。

しかし頭の中は真っ白になってしまっており、何も言葉が出てこない。

「……くすっ」

「っ!?」

その時、ふいに紗雪は頬を緩め小さな笑みを零す。

ビクリと肩を跳ねさせる祐真。

　すると表情を少しばかり悪戯っぽいものへと変えた紗雪は、身体を寄せてきたかと思えばこっそりと耳元で弾んだ声で囁く。

「もしかしてそれ、倉本くんやその妹さんの影響ですか？」

「え、あ……」

「そのファッション雑誌、最近色気づきはじめたうちの中学生の弟も、同じのを買ってるんですよ」

「へ、へぇ、そうなんだ」

「クラスの人たちに見つからないよう、少し遠くのコンビニとかに行ってね」

「う……っ」

　ニコニコと生温かな目を向けてくる紗雪。

　どうやら彼女の弟同様、周囲に感化されてオシャレに目覚めたと思われたらしい。

　正直、上手い具合に勘違いされてホッとしているところがあるものの、しかしその一方で図星でもあった。

　どんどん顔を赤くしていく祐真を、紗雪は目を細めて見やる。

　なんにせよ、居た堪れなかった。

　祐真は気恥ずかしさを誤魔化すように「あ～」と母音を口の中で転がし、紗雪に訊ねる。

「上田さんは家、この辺なんだ？」

「ええ、五分くらい行ったところに」

「そっちは何を買いに？」

「ボディソープです。お風呂に入ろうとしたら、切らしちゃってて」

「そっか。……じゃあ、俺はこれで」

「はい、また学校で」

そんな当たり障りのない会話で気を紛らわせ、自転車へ。

淡々と籠にレジ袋を入れゆっくりと走り出すも、コンビニの灯りが見えなくなるや否や、全力で漕ぎ出す。

未だ頭の中はぐちゃぐちゃだった。

だけど不思議な高揚と達成感が身を包んでいる。

気が昂って熱くなった頬に、夜風が気持ちいい。

帰宅するや否や自分の部屋へ直行した祐真は、すかさず事後報告とばかりに涼香へとメッセージを送った。

《買ってきた。めっちゃ緊張した》

そこでふう、と大きく息を吐き出し、ある程度落ち着きを取り戻す。

そしてゴムの箱を取り出し、さてどこに保管しようかと考えを巡らせていると、スマホが通話を告げる。涼香からだった。

『あ、ゆーくん買ってきたんだ。香りとか味付きのやつ？』

「フツーのやつ。ていうか、じっくり見て選ぶ余裕なんてなかったよ。心臓もバクバクだったし」

『あはっ、だよねー。あたしもそうだった。中々、手に取れなくてさー、カモフラで箱チョコ一緒に買っちゃったりしてたし』

「なんだ、涼香もか。俺もだよ。お茶も一緒に買ってさ、小腹が空いて何か買いに来た人を装ってた」

『わかるー。ていうか、恥ずいしやるよねー』

「しかもさ、帰りに上田(うえだ)さんとばったり鉢合わせしてさ、焦るのなんの！」

『え、やばいじゃん！　だ、大丈夫だったの!?』

「何とか誤魔化せたかな？　かなりその、不審に思われたけど、一緒に買ったファッション雑誌を見られてさ、それ目当てで買いに来たと思われたみたいで」

『え、ゆーくんがファッション雑誌!?　何それ一体どういう風の吹き回し!?』

「いいだろ、別に。……ていうか、涼香も晃成(こうせい)も最近すっかり様変わりして、俺だけ浮いているというかさ」

『なるほど、上田先輩にもそう思われたと』

「そうだよ！」

そう言って先ほどのことを話し、互いにくすくすと笑い合う。

強張っていた心が解れていくかのような感覚。

涼香と二人だけの秘密の会話は、まるで幼い頃、悪戯を企んでいた時のようにひどく楽しい。

話が弾んでしまい、この日はお互いが寝落ちするまで、ずっとこうした下らない話を続けたのだった。

第六話　お兄ちゃんのヘタレ

空はからりと晴れ渡り、汗が滲み出るほどの陽気の昼休み。

いつものごとく食堂で晃成の作戦会議をしていると、ふいに莉子が神妙な声色で提案した。

「今日の放課後、映画を観ましょう！」

いきなりの提案に、顔を見合わす祐真と涼香と晃成。

映画を観るのはいい。今までもよくあったことだ。しかし、今は晃成のバイト先の先輩とのデートの日とやらが間近に迫ってきている。準備も大詰めともいえるこのタイミングで、悠長に映画を観ている暇はない。とはいえ、莉子が脈絡もなく言い出したとも思えない。

なんとも意図を測りあぐね、首を捻る祐真たち。

すると莉子はスマホを取り出し、ふふんと少し得意げに胸をそらし、とある画面をこちらに見せてくる。それを見た涼香が、「あ！」と声を上げた。

「それ今、カップルで見るべき映画って話題になってるやつ！　ほら、なんか有名な配信者が紹介しているだとかで！」

「あ、オレも聞いたことがある！　数年前の作品で、確か少女漫画原作なんだっけ？」

「そういや、いろんな配信サイトでトップにあるの見たな」

「そうそう！　これヒロインの気持ちに共感できて、めっちゃ乙女心くすぐられるんですって！」

涼香や晃成、祐真の反応に熱っぽく答える莉子。

確かにこの作品はクラスでも話題になっており、耳にしたことのあるタイトルだ。実際これを観たクラスの女子が、すごくよかったと言っていたのを覚えている。

莉子自身が観たいという気持ちも大きいのだろう。しかし女心の勉強、それに先輩とデートの際の話題作りにも最適かもしれない。

ううむ、と唸る祐真。そしてちらりとそわそわした様子の莉子を見て、頬を緩ませ口を開く。

「決まりだな。じゃあ放課後、晃成の家で大丈夫か？　お前ん家、テレビ大きいからな〜」

「おぅ、いいぜ」

「そういやすずちゃん家、久しぶりかも」

そして祐真はごく自然な態度を装い、倉本家を会場へと誘導する。

落ち着きのない莉子を見て目を細めていると、涼香とも目が合い、お互い苦笑を零した。

放課後になった。

校門で待ち合わせをし、途中のコンビニでお菓子とジュースを買い込み、倉本家へ。

鍵を開け続々と家に上がる三人に対し、莉子だけが入る時に「お邪魔します」と呟き、リビングに向かう。

「お兄ちゃん、りっちゃんとサイトでその映画探しといてよ。ゆーくんはこっちで、コップとお菓子の準備手伝って」

「おう」

自然と晃成の隣に莉子が座るよう、そんなお節介をする涼香と祐真。

お互い悪戯っぽい笑みを浮かべつつ、少し時間をかけて準備をし、リビングに戻る。リビングでは晃成の隣で莉子が、すこしはしゃぎ気味に楽しみにしていると語っていた。晃成もつられてそわそわしており、仲睦まじそうに見える。

祐真と涼香はクスリと笑みを零し、そしてソファに腰を下ろしたところで件の映画が始まった。

舞台は山間の小さな町、そこに住む少女が都会から転校してきた少年を巻き込んで町興しのための祭りに奔走する、王道青春ラブストーリーだ。原作が少女漫画ということもあり、主人公の女の子をメインに展開していく。

祐真の目からみても彼女の祭りに対する意気込みや情熱、それから時には外部や内部から湧き起こる問題を、二人で調査したり協力を求めながら解決していくストーリーはハラハラと手に汗を握らされるものがあった。

　また、最初はやる気のなかった不愛想な転校生と反目し合ってからの衝突、喧嘩、そして協力して困難を一緒に乗り越えると共に、絆や想いが育まれていくさまは、熱血要素もあり引き込まれてしまう。

　祐真だけでなく倉本兄妹も前のめりになって食い入るように画面に見入っており、莉子も両手を胸の前で握りしめてドキドキと瞳を揺らしている。

　そして物語の終盤に差し掛かった時、祭りの成功と共に、ついに彼に感じていた友情が恋心へと変じる一幕。

『私、悔しいけどあんたのことが好き』

『悔しいのはオレの方だよ。こっちが先に好きって言おうと思ったのに』

　祭りの成功と共に、ついには友情から恋へと変わってしまったクライマックス。

　画面の中の二人の想いが通じて交わされるキスに、観ている四人は感嘆の声を漏らす。

　そして胸を高鳴らせ物語の余韻に浸る次の瞬間、画面から流れてくる空気が変わるのを如実に感じた。感じざるを得なかった。

　人気のない神社の裏手で見つめ合う二人の瞳は情欲で濡れそぼり、口から漏れる息遣いも荒く熱い。

　互いの存在を確認するかのように弄り合う手が奏でる、生々しい衣擦れの音。

　唇を交わす度に絡ませる舌と舌が淫靡な水音を響かせている。

それは二人の気持ちが如何に高まっているのかがよく伝わってくる、濃厚過ぎるラブシーン。

「「「……っ」」」

思いもよらぬ展開に祐真たちは驚きつつも、しかし画面にくぎ付けになってしまう。

やがて足まで絡ませあったところで少年がビクリと震え、手を止める。

すると少女が唇を尖らせ、少し咎めるように言う。

『いくじなし』

『これ以上はもう止まれなくなっちまう』

『いいから来いっつってんのよ、いつもあたしのこと考えなしに進むくせに』

『それとこれとは……ったく、後で文句言うなよ』

『んー、場合によってはヘタクソって言うかもね』

『言ってろ』

ここに来て臆病な手つきになる彼に、くすぐったそうな彼女の声。

ただただ必死で余裕のない攻め手と、余裕があるふりをするいっぱいいっぱいの受け手。

そんなもどかしくも、睦まじいやり取り。

やがて息を呑む二つの声が重なり、少女の口から『痛っ』と苦悶の声が漏れる。

『ごめん』

『謝るな、バカ』

そして二人は向き合い重なったまま、濃厚な口づけを交わす。

着衣のまま、肝心の部分はカメラに映らないようにしているものの、何をしているかなんて明々白々。

これまでの彼らの過程を見てみれば、この行為そのものにも関係性が表れており、心が通じているのもよくわかる。

確かにこれは二人の気持ちが昂(たかぶ)り切ったゆえの愛の営みであり、肉体的に結ばれるのもごく自然な流れだろう。ある意味、カップルが観るべきものなのかもしれない。

だが初々しくも生々しく、かなり刺激の強いものになっているのも事実。

晃成(こうせい)は完全に顔を真っ赤にして前屈(まえかが)み、莉子(りこ)ももじもじしながら両手をこれ以上なく赤くなった頬(ほお)に当てていた。

涼香(すずか)は画面に食い入るように前のめりになって、落ち着きなく膝(ひざ)と膝を擦り合わす。

その気持ちはよくわかる。祐真もまた、同じ気持ちだから。

あんなシーンを見せられたら、どうしたって涼香とのことを思い起こさせられてしまうというもの。かろうじて血が集まらないよう、こっそりと自分の太ももを抓(つね)る。

やがて映画は夕方の神社へと切り替わり、二人が手を繋(つな)いで神社の階段を下りていくところでエンドロールを迎えた。

「「「「…………」」」」

いつの間にか随分と傾いていた夕陽が、倉本家のリビングを茜色に照らす。

総評して良い映画だった。

キャラも、ストーリーも、二人の恋も。

だけど、誰もが口を噤んでいた。

この場に横たわっているのは、むず痒いような気まずいような、しかしどこか甘く絡みつく空気。

すっかりそれに当てられ、何を話していいかわからない。

沈黙の中、やけに熱くなった四人の息遣いが響く。

皆の脳裏にはまだ、映画で見た二人の愛を確かめ合うシーンが鮮烈に残っている。

そんな中ふいに涼香が立ち上がり、部屋を出て行く。

「……お手洗い」

祐真はちらりと晃成と莉子を見てみる。

二人は先ほどのラブシーンの空気に呑まれてしまって、やけに互いを意識しており——その様子にはひどく既視感があった。あの日、やれるもんならと涼香に挑発された時と同じだ。

気を利かす、というわけではないけれど、祐真も「俺も」と呟き素早く涼香の後を追う。

廊下に出ると、こちらを待ち構えていたかのような涼香が、すかさずチュッと唇に吸い付いてきた。その身体は熱い。

「ゆーくん……んっ」

「っ、おい、涼香……っ」

祐真もつられそうになるものの、扉一枚隔てたすぐ傍に晃成と莉子がいるのだ。咎めるように名前を小さく呼べば、涼香は名残惜しそうに離れて、ちろりとピンクの舌先を見せる。

そして涼香はちらりとリビングのドアを見た後、くいっと祐真の腕の袖を引き、玄関の方へ。そこで腰を下ろし、ふぅっと息を吐いて小声で囁く。

「映画、最後の方すごかったね」

「あんなにガッツリとやっちゃうとか、びっくりだった。あんなの、ほとんどAVだろ」

「ふふっ、確かに。それになんていうかさ、おっかなびっくりしてるところがやけに重なったというか、思い出しちゃったんだよね～」

「思い出した？」

「ゆーくんとの初めてを上書きした時のこと」

「っ⁉」

そう言って涼香はこちらに身体を寄せ、首筋に息を吹きかけ、太ももに手をのせてくる。

びくりと身体を震わせる祐真を見つめる涼香の瞳は熱く潤んでおり、妖しい光を放っている。ごくりと喉を鳴らす。

「ゆーくんはあの時のこと、思い出したりしなかった？」

「いや、俺は……」

「それとも、映画みたいに向き合ってするの、試してみたいなぁとか？」

「まぁ、あぁいう風にしたことないから、気になるっちゃ気になるけどさ」

「どんな感じなんだろうね？」

「興味はある」

「したいんだ？」

「それは、まぁ」

「ゆーくんのえっち。すけべ」

「わ、悪いか」

「でも残念、お兄ちゃんとりっちゃんがいるから、ね？」

「………わかってるよ」

散々こちらをその気にさせときながらもっともな意見を言って、そこでおしまいとばかりに立ち上がる涼香。お預けを喰らった祐真が思わず情けない声を漏らせば、ツンッと鼻先を突かれる。

祐真も立ち上がり、不承不承な表情で後に続くと、リビングのドアの前で涼香が足を止めた。そして振り返り、人差し指を唇に当て、静かにというジェスチャー。

その理由はすぐに分かった。リビングの方から晃成と莉子の声が漏れ聞こえているのだ。

しかし扉一枚挟んでいるせいか、詳しい内容を聞き取れない。

邪魔してはいけないという気持ちはあるが、何を話しているか気になるのは別問題。かつて涼香に手を出した時と同じような空気になっていたから、なおさら。

涼香はといえば、視線でキッチン方面のドアへと促す。

倉本家のリビングへの行き方には二通りある。廊下から直接リビングに行くのと、キッチンを経由していく方法だ。どうやらキッチンからリビングへと戻り、聞き耳を立てようと言いたいらしい。

祐真も賛成とばかりに頷く。

足音を殺し、物音を立てないよう細心の注意を払い、見つからないよう身を屈め中へ。

キッチンカウンターの陰からは、リビングのソファで話す二人の姿がよく見えた。

「そりゃ、あれは物語だからですよ。実際だと手間取ると白けちゃって、雰囲気台無しになってそのまま別れるとかよく耳にしますもん」

「う、そうかも。……けど今のご時世、どうすべきかの情報なんてネットにいくらでも転がってるし、予習はできるぞ」

「でも知識と実際の体験じゃ全然違うでしょ？」

「それはそう、だけど……」

隣り合う晃成と莉子の距離はやけに近かった。ほとんど密着していると言っていい。しかも莉子が、積極的に迫っているような形だ。

とはいうものの莉子本人も慣れないことをしている自覚があるのか、どうにもぎこちなく、声も少しばかり震えてしまっている。

一方晃成はといえばそんな莉子に気付かないほど余裕がないのか、身体をガチゴチに固くさせており、耳まで真っ赤。

傍目から見て、なんとも初々しくも微笑ましい晃成と莉子。

祐真と涼香はにやりと笑みを浮かべて顔を見合わせ頷き合い、二人の様子をそわそわと窺う。完全に覗きだった。

「ふぅん……じゃあキ、キスだけでも私で練習しときます？　ほら、度胸をつけるのも兼ねてといいますか」

「……へ？」

「いやほら、私も経験ないですし、いい機会だからここで慣れておくのもありかなーって」

「り、莉子……っ！」

やがて意を決したのか莉子が晃成の腕を取り、胸に掻き抱いた。その腕は莉子の平均より大きな胸の谷間に挟まれる形だ。しかも莉子は晃成の手のひらも太ももで挟む。手を動かせば莉子の鼠径部に触れかねない、かなり際どい体勢だ。

その大胆な行動に、晃成だけじゃなく祐真と涼香も息を呑む。

莉子は晃成を見上げつつ、その可愛らしい顔を息がかかる距離まで近付けていく。その表情が硬いのは緊張のせいだろう。だけど彼女の必死さと健気さが、見ている祐真と涼香にもこれ以上なく伝わってきて、先ほどの映画以上に手に汗を握り釘付けにされてしまう。

晃成と莉子の視線が絡まり合い、探り合うような空気が流れることしばし。

やがて莉子の肩にそっと手を置く晃成。

びくりと身体を震わせ、目を瞑る莉子。

二人のごくりと喉を鳴らす音がこちらまで聞こえてきて、祐真と涼香も呼吸も忘れて見守る。

すると、ふいに晃成は勢いよく莉子を自らから引き剝がした。

「……え」

予想外の拒絶ともいえる行動に、悲しそうに顔を歪める莉子。

それはそうだろう。この場の空気の力を借りたとはいえ、彼女がなけなしの勇気を振り絞った行動なのだ。祐真と涼香の目にも、非難めいた色が灯る。

しかしそんな中、晃成はいっそ哀れにも思える悲愴感溢れる情けない声を漏らした。

「オ、オレの好みは先輩みたいな、年上の綺麗なお姉さんみたいな人なんだ……」

「それは……私の真逆だってことくらい、知ってますけど……」

「けどな、今の莉子ってそんな好みなんて関係なしに、手を出しちゃいそうになるくらい魅力があるから！　だからなんていうかその、これ以上揶揄わないでくれ！」

「ふぇっ!?　あ、あぅぅ……は、い……」

「ったく……」

「……」

すると今度は一転、莉子が頭から湯気が出そうなほど全身を真っ赤に染め上げ、身を縮こまらせる。

祐真の記憶にある限り、晃成が莉子の容姿に言及したのはこれが初めてだ。しかもこの極限ともいえる状況だからこそ、その言葉が本心だとよくわかる。莉子もそのことをよくわかっているだろう。

この場の空気が映画由来のモノでなく、晃成と莉子の甘くむず痒いものへと変わっていく。

やがてその空気に耐えられなくなったのか、晃成は勢いよくソファから立ち上がった。

「ば、バイト！　そう、バイト！　確かなんか今日バイトあったような気がする！　てわけで行ってくるから！」

そう言って慌てたように家を飛び出していく晃成。

後に残された莉子は先ほど言われた晃成の言葉を噛みしめ、胸に手を当てその余韻に浸るかのように「はぅぅぅ」と熱い息を吐き、感極まった言葉を漏らす。

「私、そういう風に思われるように、変われたんだ……」

驚きやもどかしさ、幸福感や達成感といった、複雑な感情が混じった声色だった。

その中でも一番大きなものはやはり嬉しさだろうか。莉子はソファで悶えるように身を捩らせている。

祐真はこの一連の結果が晃成らしいなと思う一方で、親友への非難めいた思いがあった。

それは涼香も同じだったのだろう。彼女は呆れまじりのため息と共に、胸の内を言葉にして漏らす。

「……お兄ちゃんのヘタレ」

「っ、す、すずちゃん!? か、河合先輩も……っ」

「あんなに分かりやすいアプローチなのに手を出さないなんて、失礼にもほどがあるんじゃないかな? ね、ゆーくん?」

「俺に振るなよ。まぁある意味晃成らしいというか、それだけ一時の感情に流されず、油長のことを大切にしているというか」

自分で言いながら一瞬、チクリと胸を痛ませる祐真。

涼香はといえば、自分の兄の行動に不満そうに唇を尖らせている。

「えぇ～、まぁ良いように言えばそうかも。けどさっきのアレは完全にヘタレのそれじゃん」

「すぐ近くに俺や涼香がいたのを思い出して、理性を働かせたのかもしれないしさ」

「むぅ、そうかも。うちらが家を出るって言えばよかったかな?」

「え、あ、わ、私その……っ」

失敗したとばかりに肩を落とす涼香に、苦笑を零す祐真。

そして莉子はここでようやく、先ほどの自分が見られていたことを理解したのだろう。

目をぐるぐる回しながらあたふたと手を振り、狼狽えることしばし。

「わ、私も用事を思い出したので、今日はもう帰るねっ！」

「あ、りっちゃん！」

やがて莉子は羞恥に耐えられなくなったのか、鞄を引っ摑んで倉本家を飛び出していく。

祐真は残念そうな顔で見送る涼香の肩を叩く。

「あまり苛めてやるなよ、涼香」

「いやだって、ねぇ……？」

そう言って、てへっと悪戯っぽい笑みを浮かべる涼香。

祐真も気持ちがわからないわけじゃないので、曖昧な笑みを返す。

二人は顔を見合わせ見つめ合うことしばし。

やがてふぅ、と場をし切り直すかのように息を吐く。

すると今度は涼香が先ほどの莉子のように腕を取り、胸に掻き抱く。手は太ももの付け根の方へ誘導され、わずかに湿り気を感じる。

いきなりのことに目を瞬かせる祐真。その一方、身体の熱が再燃させられていく。

涼香はくすりと妖しげな笑みを浮かべ、挑発するように謳う。

「で、ゆーくんなら、ここにある据え膳はどーするの？」

「俺は……んっ」

「ぁん……んちゅっ、ん……」

返事の代わりとばかりに、本能のまま涼香の唇を奪う。

涼香もまた、待ってましたとばかりに口腔内に侵入してきた祐真を舌で舐る。

倉本家のリビングに映画の時と同じような水音が響き、互いの身体を求める気持ちが高まっていく。

やがてキスだけでは物足りなくなってしまった祐真は唇を離し、涼香の制服に手を掛ける。

すると涼香はそれを制止するかのよう、やんわりと手を重ねた。

「涼香？」

「ゆーくん、どうしたいの？　言葉にしてよ」

「したい」

「何を？」

「涼香とえっちしたい」

「どういう風に？」

「さっきの映画のように、向かい合うようにして」

「そっか。……ふふっ、ゆーくんはお兄ちゃんと違って、欲望に素直だね～」

くすくすと揶揄うように笑う涼香に、祐真はムッと眉をよせ子供のように唇を尖らせる。

「うるさい。っていうか俺もここまで涼香に溺れるとは思わなかったよ」

「あはっ、あたしのせいだね〜。じゃ、責任もって相手しなきゃ」

「涼香……」

「待って、ここじゃお兄ちゃんいつ帰って来るかわかんないから、あたしの部屋行こ？」

「あぁ……」

それくらい我慢してねと、小悪魔めいた年下の親友の妹に翻弄され、逸る気持ちを抑え彼女の部屋へと向かう。

涼香の部屋に入るや否や、祐真は晃成と違い、誘惑にあっさりと負けた。


陽は落ち切り、わずかに西の山を朱く染め、夜の帳が降り切る寸前だった。

部屋はすっかり暗くなっているが、事後の倦怠感から灯りを点けるのも億劫だ。

涼香は僅かな外からの光を頼りに、部屋の姿見の前でコーム片手に「うぅ、ぐちゃぐちゃ」と愚痴めいたことを、髪を梳きながら誰に聞かせるでもなく呟く。その姿は未だ見慣れない。

今までの涼香なら、見ることのなかった姿だ。

正直なところ、今の涼香は綺麗で可愛らしいとは思う。

しかし最初のわだかまりが解けた今、その姿でいる必要もない。

祐真にとって涼香は涼香なのだ。腐れ縁の親友の、妹。

そこは華やかで可愛らしくなり、他の人に言えないような関係になっても変わらない。

喉に小骨が引っ掛かったような違和感を覚えた祐真は、眉を寄せつつ訊ねた。

「なぁ涼香、その格好めんどくないのか？」

「あはは、確かに色々手間だねー」

「なら――」

苦笑しながら答える涼香。

そして涼香はニヤリと蠱惑的な笑みを浮かべ、悪戯っぽく囁く。

「けど、ゆーくんもどうせするなら、少しでも可愛い女の方がいいでしょ？」

「っ！」

その点に関しては図星を指され、ごくりと喉を鳴らす。祐真の反応に、満足そうに鼻を鳴らす涼香。

祐真は咄嗟に目を逸らしつつも、涼香の言葉にふと思うことがあった。

逆の立場ならどうだろうか？

祐真自身、清潔さに気をつけてはいるものの、あまり冴えない自覚がある。真実、それはかつての苦い思い出で投げつけられた言葉の通りであろう。

涼香は変わった。綺麗で可愛らしくなった。

変わったといえば晃成もそうだろう。

好きな人に少しでも近付きたくて、意識して欲しくて、振り向いてもらうために見た目だけでなく性格も、明るく前を向いた。莉子だって、そうだ。そんな二人が、ひどく眩しい。

翻って祐真自身はどうかと考えると、流されてばかりだ。今日だって誘惑に屈して涼香を抱いた。じくりと胸が痛み、自分だけ足踏みをして取り残されているかのような思いが、胸の奥底で騒めく。

そして先ほどのことを思い返す。晃成が莉子に手を出さなかったのは、やはり他に好きな人がいるからというのも大きいのだろう。

——もし自分に好きな人がいたら、涼香とこういう関係になっていなかったのだろうか？

わからない。だが祐真はすぐに頭を振ってその考えを否定する。

恋愛なんてくだらないと思っている今の自分にとって、あまり意味のない仮定だった。

たとえあの時のことをやり直すことができたとして、きっと涼香に手を出す結果は変わらないだろう。

——同じ状況で、莉子に手を出さなかった晃成と違って。

姿見には髪を梳く綺麗になった涼香と、くしゃりと醜く顔を歪ませた祐真が映っている。とても彼女とつり合いがとれているようには、見えやしない。

（俺、は……）

だから祐真は焦燥感にも似た衝動に突き動かされるように、その言葉を投げかけた。

「なぁ、もし俺が髪型を変えるとして、どんなのがいいと思う？」

「………へ？」

突然の質問に、涼香は素っ頓狂な声を上げ、目を丸くしてマジマジと見つめてくる。

見つめ合うことしばし。次第に居た堪れなくなっていく祐真。

すると涼香はにやりと口元を歪め、揶揄うような声を上げた。

「え、なになに、いきなりどうしたの？　急に色気づいたこと言っちゃってさ。あ、突然でもないか。こないだファッション雑誌買ったって言ってたし」

「……なんでもいいだろ」

「あはは、ごめんごめんって。うーん、そうだねー……」

茶化され、むくれる祐真。

涼香は宥めつつも腕を組み、考える。

「今ちょっと髪伸びてるし、重たい感じだから……けど、逆にいえばどんなスタイルにもできそうだよね。例えばこういうのとか、どう？」

涼香は言うや否やスマホを取り出し、呼び出した画像を見せてくる。

それらはどれも明るく爽やかで、良い印象を受けるのだが、しかし自分にどれが似合うかどうかと問われればわからない。困ったように眉を寄せる祐真。

しかし涼香は瞳を爛々と好奇の色に輝せている。

そんないつも通りの涼香を見ると、ふいに肩の力が抜けていくのを感じる。

あぁ、別に自分を変に取り繕うような仲でもないだろう。祐真は思ったままを言う。

「ありがと。でも正直、こういうのってどれがいいのかわからん」

「え～～？　まぁでも、ゆーくんだからなぁ」

「うっせぇ、そっちも似たようなもんだろ。てか、涼香にこんな男向けのオシャレっぽいものを見せられることにびっくりなんだが」

「ゆーくんにだって、こう女の子の好みのタイプとかあるっしょ？　それと一緒だよ。あたしもそうした好みのモノとかあるし、調べたりもするよー」

「……なるほど」

そう言われると自分自身に無頓着でも、興味のある異性ならば確かに、と納得する。

祐真はそれならばいっそと、思い付いたことを口にした。

「ならいっそ、美容院についてきてくれよ」

「え、いいの？」

「そりゃ、涼香の好みに合わせようとしてるからな。そっちの方が、話早いだろ」

「お、嬉しいこと言ってくれるね！」

何のために変わろうとしているかといえば、涼香の隣にいて見劣りしないようにするためなのだ。それに涼香だってどうせえっちをするのなら、少しでも好みに近い方がいいだろう。

熟考しだしたのか、涼香は黙り込み思案顔。

祐真はそんな涼香に、くすりと笑みを零した。

第七話　恋愛なんて、ロクなもんじゃない

日曜日の昼近く、いつも遊びに行く隣府県の繁華街。

様々なビルや店が建ち並び、休日ということもあって多くの人が行き交っている。

その人波の中すっかり様変わりした祐真は、軽くなった頭を気にして落ち着きがなく、しきりに髪を触りながら歩いていた。

「うーん、何か変な感じ……」

「周囲からの視線が気になったりとか？」

「まぁ、それもある」

「気持ちは凄くわかるよ～、あたしもそうだったし」

涼香はそう言って揶揄うような笑みを浮かべつつ、まじまじと祐真を見やる。

繁華街にやってきたのは、朝一番に祐真の髪を切りに美容院に行くためだった。今の祐真は重たく野暮ったかった以前と違い、短く刈り込まれ清涼感のある髪型へと変わっている。

それだけでなく家にあったもののあり合わせとはいえ、ファッション雑誌を参考にコーデした服とも相まって、すっかり見違えるような姿になっていた。涼香も思わず感心するかのように、ほぅ、とため息を吐くほどに。

　しかし客観的な評価がわからず今一つ自分に自信が持てない祐真は、涼香のため息に少し拗(す)ねたような声を返す。

「……なんだよ」

「っ、いやぁ、こうして見るとゆーくん、すっごく変わったなぁって」

「そんなにか？」

「服だっていつもと違うし……どったの、それ？」

「ほら、こないだゴム買いに行った時の、例のカモフラで買った雑誌で勉強して。変か？」

「うんうん、全然イケてるイケてる。少なくともあたし的にはバッチリだよ。それに――」

　涼香はそこで一度言葉を区切り、サッと周囲に視線を走らせ、身を寄せてきて耳元で少し気恥ずかしげに囁(ささや)く。

「――かなりあたし好みになって、少しドキッてしちゃった」

「っ、そ、そりゃまぁ涼香の好みに合わせたからな。いいように見えるだろうよ」

　照れ臭そうに目を逸(そ)らして答える祐真。

　先ほどの美容院で、美容師と涼香が大いに盛り上がって髪を弄(いじ)られたのを思い返す。

　そもそもの切っ掛けが、涼香の隣に胸を張っていられるようにするため。

　その涼香が太鼓判を押してくれているのなら、他の人の目を気にしても仕方ないだろう。少し安堵(あんど)する祐真。

しかしその涼香といえばあちこち自分に目をやり、口惜しそうに呟く。

「うぅ、失敗したなぁ」

「失敗したって、何が？」

「服だよ、服」

「服？」

そう言って涼香は自分の着ている、見慣れたフード付きパーカの裾を摑む。その下は穿き慣れたジーンズという、いつも遊びに行く時と同じ装いだ。それこそ無難な格好なだけに涼香の素材の良さが際立ち、サマになっている。これはこれで十分にアリだろう。

祐真が首を捻っていると、涼香は少し拗ねた風に言う。

「あたしだけ普段と同じだとさ、なーんかゆーくんに負けた感じがして悔しいじゃん」

「……ぷっ」

「もぉ、笑わないでよ！」

そんな子供っぽい理由に、思わず噴き出す祐真。

ぷくりと頰を膨らませる涼香。

「っていうか涼香、そういういい感じの服って持ってたっけ？」

「ないね。何なら制服が一番可愛いまであるかな！」

「ははっ、ダメじゃん！」

「ふふっ、ほんとだね」

そんなことを言って笑い合っていると、くぅっと腹の音が鳴った。

祐真はお腹を押さえながら、眉を寄せて言う。

「朝何も食べずに出てきたからな、腹が減ったよ。とりあえず何か食わね？」

「そうだね、お昼も近いし。どこ行く？」

「いつものハンバーガーでいいだろ。あそこ今、二個買うと半額キャンペーンやってるし、分けようぜ」

「んじゃ、そうしよっか」


この繁華街に来る度によく利用するハンバーガーチェーン店に入り、注文して商品を受け取り、奥まったところにあるボックス席に座る。

周囲にはこれから遊びに繰り出す算段をしたり腹ごしらえをしている同世代の若者たち。

祐真は彼らの話し声をBGMにしてベーコンチーズバーガーを齧りながら、ぽつりと呟く。

「さてどうすっかねー。せっかくここまで来たんだし、このまま帰るのもあれだよなぁ」

「そういや最近、普通に遊んだりしてなかったしね」

涼香がにやりと茶化すように言えば、祐真もくしゃりと顔を歪ませる。

思えばここのところ、隙あらばえっちばかりだった。性欲に溺れている自覚はある。

とはいえ、今日は他のことで遊ぶのもいいだろう。

「無難にカラオケでも行く？」

「むぅ、クーポン切らしちゃってるから、今行くと何か負けた気がする」

「二十%オフは大きいもんな。映画は……今なにやってんだろ？」

「ん～……見てみた感じ、特に面白そうなものはないねー」

「猫カフェとか？」

「あ、それはちょっと興味ある！」

互いにハンバーガーを齧りながら、そんな相談をする。

するとその時、二人のスマホが通知を告げた。

何だろうと思って覗いてみると、莉子を含めた四人のグループチャットに、《今日の先輩と会うためのコーデ、これでいいか？》という文言と共に髪と服をバッチリ決めた晃成の写真。

垢抜けて爽やかな感じで、ついこの間までの彼を知るだけに、思わず二人揃って「「おぉ」」と感嘆の声を漏らす。

そんな中、すかさず反応したのは莉子だった。

《わ、晃成先輩が晃成先輩じゃないみたい。さすが私の見立て、よく似合ってる！　馬子にも衣装！》

《一言余計だってーの！》
《いやまぁ、油長じゃないけど、見違えたぞ晃成。いいんじゃないか、自信持てよ》
《うんうん、我が兄ながら感心したよ～》
《え、あ、そう？》
どうやら晃成は、これから先輩と先日のお礼のパンケーキを食べに行くらしい。
だから、色々と気になっているのだろう。
文面からも晃成の緊張が伝わってきて、くすりと笑みを零す。
今も莉子から《緊張で何も話せなかったりして》と言われれば、《ありえそうで怖い》と日和っている。
そんなやり取りを微笑ましく眺めていると、ふいに涼香が「あ！」と、何かいいことを思い付いたとばかりに声を上げた。
「ね、服買いに行こうよ」
「服？」
「いやほら、あたしロクなの持ってないし。せっかく髪とか変えたのにその辺追いついてないというか、勿体ないというか。あとゆーくんに負けっぱなしもあれだし」
「負けっぱなしって。勝負じゃないんだし」
勿体ないとか勝ち負けだとか、そんな物言いが涼香らしい。

祐真が思わず笑い声を上げれば、頬を膨らませた涼香に脇腹を抓られ身を捩らせる。

涼香は言い訳を紡ぐように口を開く。

「ほら、今まで機能性ばかり重視して服とか選んできたからさ、どういうのがあたしに似合うのかわからなくて」

「なるほどな、そのためにも客観的な意見が欲しいと」

「そゆこと」

「よし来た、服選びに行こうぜ」

「やた！」

言うや否や涼香は残りのハンバーガーをぺろりと一口で頬張り、指に付いたソースを舐めて立ち上がる。

祐真も同じようにポテトの残りを口の中に詰め込み、コーラで流し込んで、一緒に店を出た。


そして意気揚々と涼香が祐真を連れてやってきたのは、猛安の殿堂が謳い文句のディスカウントストア。パーティーグッズコーナーの一角で、祐真は思わずツッコミの声を上げた。

「って、コスプレ衣装かよ！」

「てへっ。前からちょっと気になってたんだよね～。ここ、試着もできるみたいだし」

「ったく」

目を好奇の色に爛々と輝かせながら物色しはじめる涼香。

祐真は呆れつつも涼香らしいなと笑みを零し、ぐるりと周囲を見渡す。

セーラー服やナース、チアガールといった定番のものから、どこかアニメやゲームで見たことのある衣装が数多く並んでいる。それだけでなく様々な種類の色や長さのウィッグやエクステ、猫耳や尻尾、魔女の帽子や模造刀といった小物も置かれていて圧巻の一言。涼香のようについ物珍しそうにキョロキョロしてしまう。またこういったところは初めてで、つい気分も高揚してくる。

涼香はといえば衣装を手に取りつつ、思案顔。やがて少し困ったように声を掛けてきた。

「うーん、あたしに似合うのってどういうのだろう?」

「…………さぁ?」

「さぁって、もぉ!」

「しょうがないだろう、こういうとこ来たの自体初めてだし。まぁ適当に興味を惹かれたのを試していこうぜ」

「それもそっか。とりあえず制服は本物があるから除外して――」

「定番ものも外せないだろ、これとか――」

祐真と涼香は二人して、まるで悪戯を計画するかのように衣装を選んでいく。服というよりかはオモチャやゲームを吟味しているような感じだが、こうしたことがやけに楽しい。

やがていくつか見繕ったものを持って、試着室へ。

最初に着替えたのはスリットから覗く生足が眩しい真っ赤なチャイナドレス。

「じゃん、どうよ？」

それを見た祐真は目を大きくし、パチパチと拍手をする。

「お〜、いいね。涼香ってスラリとしてるから、そういうのよく似合うよ」

「っ、えへへ、そう？　ていうかゆーくんにそう言われるとちょっとむず痒いな」

「おいおい、素直に言ったってのに。ていうか他のも見せてよ」

「うん、ちょぃと待ってね」

そう言って涼香が次に着替えたのはカラフルでふりふりひらひらの、どこかのゲームやアニメで見たことのあるアイドル衣装。「へいっ！」とノリノリとポーズを決める涼香に、祐真は「ほぅ」と感嘆の声を上げる。

「こういうのもいいな。煌びやかで、ちょっと派手だけど」

「あはは、あたしもそう思う。そもそも舞台とかで着るデザインだもんね」

他にも巫女やサンタ、花魁といったものへと次々に着替え、感想を言い合う。

涼香がいろんな姿に変わるのを見るのはやけに楽しく、盛り上がる。

そんな中とある衣装に着替えた時、祐真は思わず「うぐっ」と言葉を詰まらせた。

「どったの、ゆーくん？」

「あーいや、別に……？」

「ふぅん？」

涼香が着替えたのはメイド服だった。襟ぐりが大きく開かれ胸元が強調され、太ももが眩しいミニスカート、ふんだんにあしらわれたフリルにコルセットといったいわゆる萌えを追求したジャパニーズスタイル。

視線を彷徨わせ、少し頬を紅潮させている祐真を見てピンときた涼香は、ニヤリと悪戯っぽい笑みを浮かべる。そして強引に祐真の腕を取り、試着室へと引っ張り込んだ。

「す、涼香!?」

いきなりのことで、たたらを踏む形となった祐真。それを受け止める涼香。密着する形となった涼香は、揶揄うように耳元に口を寄せ囁く。

「ゆーくん、メイド服好きなんだ？」

「っ、ま、まぁ嫌いじゃないかな」

「そういやお兄ちゃんも、ゆーくんの推しキャラってメイドばかりって言ってたっけ」

「……悪いかよ」

「べっつに～。いやぁ、ゆーくんも男の子だねぇって思って。……あむっ」

「っ、おい涼香やめろ、やめてくださいっ！」

涼香がじゃれるように耳を甘噛みすれば、祐真はたちまち血が巡るのを感じ、慌てて引き剝がす。「やん」といって残念そうな声を上げる涼香をジト目でねめつけ――自分好みのメイド服姿が目に入り、「んっ」と喉を鳴らし、目を逸らす。

涼香はくすくすと笑いながら、誘うように訊ねる。

「ゆーくん、これ着たあたしに、アレな感じのご奉仕とかして欲しい？」

「…………半額出す」

「あはっ、話が早～い」

「いいだろ、そういうのも」

「まぁね～」

けらけらと笑いだす涼香に、してやられたと感じた祐真だった。

結局メイド服を購入した後、本来の目的へと立ち返り、祐真と涼香はいくつもの専門店を擁する商業施設へとやってきた。

一階から順に店頭に飾られているマネキンモデルの服を眺めつつ、どちらかの琴線に触れたものがあれば中へ入り、試着する。

いくつかの店を梯子してやってきたとある店で、祐真はまたも眉間に皺を寄せて低い唸り声を上げた。

「ううん、何か違う」

「そう？　あたしはこれも素敵だと思うんだけど」

「うーん、髪型とも合うと思ってたけど、なんかピンとこなくて……すまん」

「そっか。まぁここまで来たら、とことん付き合うよ。しかし服を選ぶのって、思ったより大変だねぇ。案外体力使うし」

涼香は若干、疲れと呆れの混じった声を漏らす。これまでコスプレの時を含め、累計でどれだけ試着をしたことか。

とはいえお小遣いは有限、先ほどメイド服を買ったこともあり残りは限られている。慎重にもなろうというもの。

「すまんな」

「いいよ、どうせならゆーくんの好みに合わせたいからね」

申し訳なさから謝れば、茶目っ気たっぷりにいつぞやの自分と同じ言葉を返され、ドキリと胸が跳ねた。

気恥ずかしさから熱くなった頬を人差し指で掻き顔を背け、次はどの服をと店内に視線を走らせる。

すると店員と思しき、やけにニコニコした女性が話しかけてきた。

「あの……こちらとかどうでしょう？」

「え、これは……？」

「是非試してみてください！　ね？」

「あ、はい。涼香……？」

「う、うん、試着してみるね」

いきなりのことに面食らう祐真と涼香。

戸惑いつつも、涼香は店員の強引さに流されるように服を受け取り、試着室へ。

涼香が着替える中、気まずい空気を持て余す祐真。

店員はただ、ニコニコと微笑むばかり。

やがて「着たよ」と硬い声と共に涼香が姿を現し、そして祐真は「ほぅ」と感嘆の声を漏らしたす。

「……どう、かな？」

「……うん、いい」

店員が選んだ可愛らしく華やかなワンピースは、さすがプロというべきか、涼香にとても似合っていた。思わず見惚れてしまうほどに。

パンッと手を合わせて笑顔を咲かす店員は、うんうんと頷きながら口を開く。

「いいですね、うんうん、いいですよー！　彼氏さんの好みはガーリーで可愛らしい系っていうのは見ててもわかるんだけど、彼女さんは背がある方だからちぐはぐになっちゃってて。その辺のバランスが取れたものを選んだんだけど、ぴったり！」

「か、彼女じゃ……っ」

彼氏、彼女という言葉に思わず驚きの声を上げる祐真。

確かにシチュエーション的にはそう見えるかもしれない。

すると涼香は笑いながら手を振り、否定の言葉を返した。

「あはは、彼氏彼女じゃないですよ。小さい頃からの兄の親友の知り合い？　あれ、これ幼馴染といっていいのかな？」

「あぁ、そんなとこだな。付き合ってないです」

「えぇっ!?　こんなに仲が良さそうだから、てっきり！　そのまま付き合っちゃえばいいのに！」

「いやぁ、今更ときめいたりできないかなぁ……ゆーくんは？」

「俺も。涼香のことは知り過ぎちゃってるし、何かが変わりそうにないんだよなぁ」

そう、人には言えない関係を結ぶようになっても。

だよねー、と顔を見合わせ苦笑いする祐真と涼香。

店員は目をぱちくりさせた後、「あらあら！」といってさらに笑みを深めるばかり。

祐真たちは店員の笑みの意味がわからず、勧められたワンピースを購入し、涼香はそれを着たまま店を後にした。

その辺を当てもなく適当に歩きながら、涼香は解放されたという気持ちを示すかのように伸びをする。

「んん～、しかしいいの見つかってよかったよ。今度りっちゃんを驚かせてやろっと」

「あはは、でもそれでよかったのか？　プロの人の見立てだから間違いはないと思うけど」

「あ、これ決め手になったのは、大きな理由がありまして」

「理由？」

するとは涼香はにやりと三日月形に歪めた口を、耳元に寄せて囁く。

「この服さ、さっきメイド服を試着した時と同じ反応してたからね」

「っ、あー……」

納得の理由だった。思わず恥ずかしさから目を逸らす。

「この格好にムラッてきたら、相手したげるよ？」

「いや、当分は大丈夫」

「当分なんだ」

「……まずはメイド服で相手して欲しいし」

「あはっ！」

そう言って祐真と涼香は、おかしそうに笑い合う。

ひとしきり笑った後、涼香は目尻の涙を拭いながら、しみじみと言う。

「しかしあたしとゆーくんって端から見ると、カップルに見えるんだねぇ。試しに手でも繋いでみる？」

「あ、おいっ」

そう言ってすかさず手を取り、指を絡めてくる涼香。いわゆる恋人繋ぎだ。

じんわりと手が温かいが、それだけ。涼香も困ったように眉を寄せる。

「う〜ん、やっぱりドキドキとかキュンとかしないね」

「俺もだよ。残念ながら、涼香の彼氏はつとめられないらしい」

「あはっ、奇遇だね、あたしもだよ！」

「ははっ」

そう言って顔を見せ合い笑い合う。

「でも、今日みたいな服選びも楽しいね。やっぱりあたし、恋愛とかそういうのより、ゆーくんとこうして遊ぶ方が好きだなぁ」

「あぁ、俺も。だから彼女とかも別にいいって思うんだよな。晃成みたいに先輩に対して色々と気を遣うのってちょっと……ていうか」

「そうそう、あたしも一緒！　しかもあたしだと、気兼ねなくえっちもできるしね！」

「お世話になってます」

「ふふっ、よろしい」

大仰に頷く涼香。なんとも気心知れたやりとりに心が弾む。

恋愛に一生懸命になっている晃成には悪いが、その良さはまだよくわからない。

涼香とこういう関係も悪くない。そんなことを考えていると、不意に聞き慣れた、しかし不思議そうな声を掛けられた。

「すずちゃん……それに河合先輩？」

「り、りっちゃん」「油長」

莉子だった。

祐真と涼香はこんなところで意外とばかりに目をぱちくりとさせ、莉子は思いがけないものを見てしまったと目を大きく見開き、動揺から瞳を揺らす。

もしかして祐真のイメチェンに驚いているのだろうか？　そう思うがしかし、彼女の視線が祐真と涼香の間で繋がれている手だと気付く。しかも今、涼香はデート用といっても差し支えのない、これまで全然着たことがないようなオシャレなワンピース姿。

この状況をどう捉えられるかだなんて、一目瞭然。慌てて繋いでいた手を離す祐真と涼香。

莉子は顔をみるみる真っ赤に染め上げ、捲し立てるように言う。

「わ、私まさか、すずちゃんと河合先輩がそういう関係だったとか、全然気付かなくてっ！」

「待て油長、お前は勘違いしている！」

「そ、そうだよりっちゃん、これにはワケがあって！」

「わかってる、わかってます！　昔から二人共仲良かったし、こないだちょっと拗れてる間にすずちゃん急にイメチェンするわ、って、今日の河合先輩もかなり見違えてるし……わ、あわわ……言ってくれればこれからは気を付けるので……っ！」

「油長っ！」

「りっちゃん！」

邪魔しちゃ悪いとばかりに、ギギギと回れ右をする莉子。

慌てて彼女の肩を摑む祐真に、手を摑む涼香。

ぐるぐる目を回しながら「いやいや、独り身にお二人の姿は眩しすぎるので！」といってその場を逃げ去ろうとする莉子を必死に宥めすかしながら、事情を説明する。

祐真もイメチェンする皆を見て一念発起して、涼香に付き添ってもらって美容院にやってきたこと。その後、今日のグルチャの晃成のオシャレした姿に感化された涼香と、服を買いに向かったこと。

そして先ほどのショップで店員にカップルと間違われ、じゃあ本当にカップルに成れるかどうか試してみようということで、手を繫いでいた時に莉子と出会ったということ。

懇々と、それ以上の他意はない、ないのだと何度も、何度も。

やがて落ち着いてきた莉子であるが、しかしその表情は訝しげなものへと変わっていく。

「……あくまで実験的に手を繋いでいただけ、と」

「そうそう！　まぁ結局子供の頃繋いでた時とかと変わんないなーって。ね、ゆーくん？」

「あぁ、こう繋いでるうちにドキドキするかなぁ～って思ってたけど全然そんな気配がなくて、そのうち離すタイミングを見失っちゃって、それで」

「はぁ～～～、そうですか」

「うんうん、そうなの！」

「わかってくれたか、油長！」

これ見よがしな呆れたため息を吐く莉子。ジト目でいかにも半信半疑といった様子。

会話が空滑りしているような感覚。

祐真と涼香にも、半ば苦しい言い訳だという自覚はあった。

元から慣れ親しんだ間柄、端から見ればそういう勘違いをされても仕方ないだろう。初対面である店員にさえ、そう思われていたのだ。

莉子は目を細めてまじまじと祐真と涼香を見つめ、少し投げやり気味に口を開く。

「もういっそ、本当に付き合っちゃえばどうです？」

「それは……」

先程の店員と同じ言葉に黙り込む祐真。涼香とも顔を見合わせ苦笑い。

涼香のことが好きかどうかと問われれば、即座に好きと言い切れるだろう。

だけど、恋愛感情ではない。それも言い切れる。

少なくとも、苦い思い出の底にある、あの時感じた胸の高鳴りや相手の些細な言動で一喜一憂する心の忙しなさを、涼香に感じたことはないのだから。

涼香と付き合うということは、彼女と初めてした時に考えなかったわけでもない。

しかしまことに身勝手ながら、今以上の特別な関係にはなれそうにないというのが結論だった。だから、恋人になるということが考えられなくて。その思いは再び身体を重ねるようになってから、より深くなっている。

すると涼香は祐真の心境を代弁するかのように、莉子に訊ね返した。

「りっちゃん、人を好きになるって何だろうね？」

何とも判断しがたい、困ったような、縋る様な声色だった。

莉子はきゅっと唇を結び、瞑目しながら自らに問いかけるかのように言葉を返す。

「……その人の特別になりたいというか、自分だけを見て欲しくなるというか」

「じゃあさ、その好きな人に自分以外の好きな人がいたら、どうする？」

「それは……すごく嫉妬するし、ヤキモチを妬くと思うけど、好きな人が幸せになるよう応援したいというか、いっそ付き合ってくれた方が、諦めがつくというか……」

「…………」「…………」

莉子は睫毛を伏せつつ、硬い声色で答える。

それは暗に莉子の晃成への態度と想いを示していて、何も言えなくなってしまう。

しばしの沈黙。

そこへ涼香が胸に手を当てながら、どこか諦めまじりの言葉を重ねた。

「あたしはね、ゆーくんに好きな人が居たって聞いても、全然何も感じなかった」

「えっ……河合先輩に好きな人⁉」

「うん。あーそうだったんだって、どこか他人事だった。何も思わなかった。だからきっと、この好きは恋愛的な好きじゃないって、思い知っちゃったんだ」

莉子は祐真に好きな人が居たと聞いて、驚きの目を向けてくる。

苦笑しつつ、人差し指で頬を掻きながら、なんてことない風に答える祐真。

「ま、結局フラれたけどな」

「そう、だったんですか……」

「そういうわけだから、恋愛感情をもってないこんな女を彼女にすると、苦労すると思うよー」

こんな女。その言葉には暗に、好きでもない相手と性欲解消のために一緒に寝る女という、自嘲が込められていた。

それを言ってしまえば、祐真も同類だ。互いに自らに向けた呆れた笑みを交わす。

「「「……」」」

　この場が沈黙と共に、なんとも神妙な空気に染まろうとする。

　しかし涼香はそうはさせまいと、努めて明るい声を上げた。

「ところでりっちゃん、今日はどうしたの？　何か予定でもあった？　あ、そういやこのへんに行列できるパンケーキの店あったよねー」

「っ！　わ、私も前からそこ気になっていて、今日の晃成先輩に感化されて食べたくなったというか、でも一人で並ぶのはちょっとアレかなーって怖じ気づいちゃって……っ」

　莉子の変化は劇的だった。

　涼香がパンケーキの話題をチラつかせればすぐさま食いつき、先ほどまでの空気はどこへやら、早口で話し始める。祐真と涼香の口元も緩む。

「ん～、それなら一緒にその店行ってみない？　あたしたち特に他に予定とかないし。いいよね、ゆーくん？」

「あぁ、俺はかまわないぞ」

「ほんと!?」

「うんうん、行こうよりっちゃん」

　莉子はみるみる目を輝かせ、胸の前で握り拳を作ってぴょんと跳ねる。喜びを全身で表していた。

その店というのは、きっと晃成が行っている店なのだろう。今までの間に聞き出していたに違いない。

晃成のことが気になっているが、一人では勇気が持てなくて。

しかし涼香と祐真というお供と、一緒に話題の店に行くという大義名分を得た莉子は、意気揚々と二人を急かすように先頭に立つ。

「聞いた話だとすっごくふわふわで、スプーンで掬えちゃうくらいで、口の中で溶けていくかのようなんだって！　すごくない⁉」

「え、スプーンで⁉　プリンみたいな感じ？　でも口の中で溶けちゃうって！」

「そう言われると気になってくるな」

「注文受けてメレンゲから作るみたいで、結構時間がかかるみたい。だから行列が出来ちゃってるみたいなんだけど、味だけじゃなく内装も――」

そして莉子は店について嬉々として話し出す。行ったことないのにこれだけ詳しいのは、一体誰の為なのやら。

彼女の胸中を思えば複雑だった。

チラリと涼香を見てみれば、なんとも曖昧な笑みを浮かべている。

「あ、あそこ！　あそこだよ、あそこ！」

やがてとあるビルの前に、長蛇の列が見えてきた。

オープンテラスのその店は一目でオシャレとわかる外観をしており、涼香と莉子は「わぁ！」と歓声を上げる。

ここまで甘くおいしそうな匂いが漂ってきており、今もふらふらと誘われるように集まる多くの女性たち。少々場違いかもと気圧される祐真。

「すっごい人だね、あたしたちも並ぼうよ！」

「わかった、わかったって」

すっかりパンケーキモードになってそわそわしている涼香がせっつき、祐真も苦笑しつつそれに続き、列に並ぶ。

お喋りをしているうちにどんどん列は捌けていき、自分たちの番号が呼ばれ、店の中へ。

「……っ」

しかし店内へと入った瞬間、一番来たかったはずの莉子はその場で固まってしまった。その顔は青褪めており、今にも倒れてしまいそう。

「りっちゃん……？」

訝しんだ涼香が声を掛けると、莉子はビクリと肩を震わし、そしてゆっくりと震える指先で店内のとある場所を示す。

祐真と涼香はそこを見て——思わず息を呑み、何とも言えない声を重ねた。

「お兄ちゃん」「晃成」

店内の奥の方の席に、晃成の後ろ姿が見えた。まるで生気を感じられない。微動だにせず、意思のない彫像のごとく。

その目の前には大人びた綺麗な女性と、彼女と仲睦まじそうにしている長身で爽やかな男性。

確認しなくても分かる。

晃成の想い人であるバイト先の先輩と、おそらく彼女の交際相手だろう。

……晃成は、わかりやすい奴なのだ。

きっとバイトの先輩にも、その想いはとっくにバレていたに違いない。

それにしてもこのタイミングで、とは思う。

彼らは積極的に晃成に話を振っているようだったが、どうにも空滑り。困った顔をしている。

しばらく見守っていたが、晃成は微塵も動かなかった。

やがて彼らはパンケーキを食べ終え、バイト先の先輩は晃成に声を掛け、彼氏は伝票を掴んでレジで支払いを済ます。そして二人は手を繋いで店を後にした。

後に残された晃成は、ただただ手つかずのパンケーキを見つめている。

「「「…………」」」

重苦しい空気がのし掛かる。

この腐れ縁の親友のことを思うと、胸が張り裂けそうに痛み、ぎゅっと胸のシャツを掴む。

それは涼香も同じようだった。

莉子はまるで魂が抜けたように眺めていたかと思うと、爪が皮膚に食い込むほど強く拳を握りしめ、沸き立つ怒りを抑えきれないとばかりの声色で呟く。

「なに、それ……っ」

「りっちゃん！」「油長っ！」

即座に去っていった彼らを追いかけ掴みかからんばかりの莉子だったが、涼香と祐真の声で一瞬びくりと身体を震わせ足を止め、晃成の方へと向き直る。そして潤ませた瞳のまま、晃成の下へと駆けだした。

祐真と涼香も顔を見合わせ、後を追う。

「晃成、先輩……」

「莉子……それに祐真と涼香も……」

こちらの声に気付いた晃成はそこでようやく頭を上げるも、しかしその目はどんよりと濁っており、声にも張りがない。

「は、ははっ。いやぁ、変なところ見られちまったみたいだな」

祐真は渋い表情をしつつも、皆を代表しておそるおそる訊ねる。

「晃成、さっきの人は？」

「先輩の彼氏。大学の同じサークルの人だって。いやぁ、バイト代わった人が来ると思ったんだけどなぁ。どうやら都合がつかなくて、男の子と二人だと問題があるからって言って、それで」

だけど晃成はこちらに心配かけまいと、努めていつも通りを装い、なんてことない風に言おうとする。

その明らかな瘦せ我慢は見ている方が痛ましい。それでもせっかくの親友の空元気を無下にもできず、祐真はヘタクソで曖昧な笑みを浮かべ、明るい声を意識して言葉を捻りだす。

「そ、そうか。残念だったな」

「祐真たちも見てたならわかるだろ。綺麗な人だし、むしろ彼氏が居ない方がおかしいというか、いて自然というか」

「あぁ、うん……」

「いやぁ、それにしても本気で好きになっちゃう前でよかったよ、傷も浅くて済んだし。本気だったらこのまま立ち直れず、引きこもりになっちまってたかも。あぁ、いい夢だった」

「「…………」」

まるで自分に言い聞かせるように嘯く晃成。あからさまな嘘だった。最後の方は涙混じりの声になり、目尻に浮かんだものを見られまいと、すかさず顔を逸らす。

祐真はかつての自身のことを思い返す。仄かに好きだった相手でさえ、フラれた後は数日ほど完全にふさぎ込んでいた。晃成の本気具合は、あの時の比ではないだろうに。

あぁ、胸が痛いなんてものじゃない。晃成の本気や必死さ、頑張りはずっと見てきたのだ。

悔しさからぎゅっと拳を強く握りしめる。涼香もきゅっと唇を強く結び、俯く。

そんな中、莉子は怒りと怨嗟を隠そうともしない震える声で、吐き捨てるように呟いた。

「最っ低……！」

「莉子……？」

この場の空気にそぐわないともいえる声色だった。莉子はダンッ、と勢いよくテーブルに手をつき、身を乗り出させ、鬼気迫る表情で晃成に言う。

「晃成先輩は悔しくないいんですか!?」

「悔しい……？」

「だって、晃成先輩はバカにされたんですよ!? 彼氏がいるにもかかわらず、そのことを黙って気持ちを弄んでっ！　いざ本気になってきたら、嘲るようにネタバラシっ！」

「莉子、それは違うよ」

「じゃあなぜ、わざわざ見せつけるように彼氏連れてきたんですか!? やんわりいることを言葉で伝えたり、彼氏の写真を見せて仄めかすとか、やりようはあったはずなのにっ！　なのにあんなこと……あれを最低と言わずしてなん――」

「莉子！」

「――っ！」

言葉を重ね、どんどんヒートアップしていく莉子を、晃成が鋭く大きな声で制止する。批難めいた色と、強い感情の籠った声色だった。

　びくりと肩を跳ねさせる莉子。周囲も何事かとこちらに視線を向けてくる。

　晃成はバツの悪い顔を作りつつ、今度はいっそ懇願するかのような表情で言葉を零す。

「先輩のことを、悪く言わないでくれ」

　それでも好きな人だったのだからと、そんな思いを込めて。

「……ぁ、わた、し……」

　息を呑み、愕然とした表情になる莉子。睫毛を震わせ、テーブルに置かれた拳をギュッと強く握りしめ震わせる。

　そしてこの場から逃げるように、弾かれたような勢いで駆け出した。

「りっちゃん！　……あたし、追いかけてくる！」

　すかさず、莉子の後を追う涼香。

「おい、涼――」

「祐真」

　祐真も涼香に続こうとするも、晃成の声で足を止める。

　振り返ると晃成はまるで今にも泣き出しそうな迷子のような顔で、力なく胸の内を零す。

「……ごめん、オレやっぱちょっと辛ぇ」

「晃成……」

「なぁ、せっかくだしオレの分のパンケーキ食べてくれよ。残すのももったいないしさ」

「いいのか?」

「ちょっとしばらくは何も喉通りそうになくて」

「……そっか」

つい溢れてしまった親友の本音に、祐真は席に着き向かい合う。

傷付き、縋るような目で見守られる中で食べる評判のパンケーキは、やけにふわふわとしてつかみどころがなく、味気ない。

「なぁ、美味いか?」

「さぁ、よくわからん」

そして祐真はつくづく実感しながら、心の中で悪態を吐いた。


——恋愛なんて、ロクなもんじゃない。

第八話　傷心の親友と、合コン

翌朝いつもの時間、いつもの電車。

「……はよーす」

「……はょ」

「……おっす」

「…………す」

しかし四人の間に横たわる空気は、いつも通りとは程遠かった。

晃成の目元は赤く、腫れぼったい。きっと昨日は家に帰った後も、一晩中泣き腫らしたのだろう。顔も心なしか一気に老け込んだように見えて覇気がなく、風が吹けばどこかに飛んでいってしまいそうで、話しかけるのも躊躇われる。恋とは、かくも人を変えてしまうものなのか。

莉子はそんな晃成をチラリと見て、何かを言おうとするも口籠る。

昨日、言い過ぎたことを謝りたいのだろう。しかしそうなると、嫌でも昨日のことが思い起こされるわけで。なんとも間が悪いことだった。

「そ、そうそう、今度ナポリタン味のアイスが少数限定で再販されるらしいね」

「確かそれ、不味過ぎて大赤字だったたってやつの?」

「うん。なんでも一部からの熱い要望に応えて、だって。公式でも罰ゲームなどにおススメだってさ」

「けどこれ、明らかな地雷だろ」

「でも気にならない？」

「うーん、どうだろ……はは……」

「あはは……」

「……」「……」

涼香がなんとか流れを変えようといつもと同じように話題を振ってみるものの、どうにも空滑り。結局、陰鬱とした空気のまま、学校までやってくる。

昇降口での別れ際、祐真と涼香は互いに困った顔を見合わせた。


教室に入ると、祐真は驚きと好奇の視線で出迎えられた。

「はよっす……って、めっちゃイメージ変わったな、河合!?」

「おー、河合くん良い感じになってんじゃん！」

「うんうん、見違えちゃった。やっぱりそれって倉本くんの影響？」

「あぁ、まぁ……」

挨拶もそこそこに、早速とばかりに髪のことに触れられる。やはり昨日の美容室で大きくイメージを変えたので、皆の気を引くらしい。

しかし祐真は興味津々といった様子のクラスメイトたちに乾いた笑みを返し、そして彼らは続いて入ってきた晃成の顔を見て息を呑んだ。

「………うっす」

「……お、おぅ」

「お、おはょぉ……」

皆に向かってぎこちなく片手を上げる晃成。

一応、笑顔を向けているつもりではいるのだろう。しかしその顔は如実にこの休日に何かあったことを物語っている。そしてここ最近のことを考えると、何があったかだなんて容易に想像がつく。

力なく自分の席へと向かう晃成。クラスメイトたちは、ただ言葉もなく見守るばかり。

先週まで晃成はクラスの話題の中心にいたのだ。

その晃成がこの様子だと必然、教室の空気は腫れ物に触れるかのようなものになってしまう。

やがて各所からため息を吐く晃成へと視線が向けられ、噂が囁かれる。

まるで晒し者になっているかのような晃成に、思わず渋面を作る祐真。

こんな時こそ、腐れ縁の親友として何かを声をかけなければ。

しかし何を言っていいかわからない。恋愛事ならば、なおさら。

もどかしさに身を焦がす。

するとその時、晃成に近付く人たちがいた。男女数人、よく晃成が恋バナをしたり相談していたグループだ。

「よ、景気の悪い顔してるな、倉本（くらもと）」

「ため息ばかりついてると、幸せが逃げちゃうって言うよ〜」

「……みんな」

突然のことに、どう反応していいか分からない様子の晃成。

しかし彼らはにこりと笑みを浮かべ、特に何をするわけでもなく、ただ晃成に寄り添う。まるで自分たちは味方で、ここにいるぞと言わんばかりに。

その気持ちは正しく伝わったのだろう。やがて晃成はヘタクソな笑顔を作り、彼らに昨日の結果を報告した。

「先輩、彼氏がいたんだってさ。告白するとかフラれるとか、それ以前の話だったよ」

すると彼らはやはりといった様子で互いに顔を見合わせ、苦笑を零（こぼ）す。

「それは……残念だったな」

「でもそれだけ、素敵な相手だったんだね」

「当分きついだろうけど、無理はするなよ」

「そうそう、話くらいなら聞いてあげるからね？」

「…………ありがと」

そこでようやく晃成は肩の荷を下ろしたかのように、強張っていた表情を緩ませる。

彼らを皮切りに他の人たちも次々と晃成のもとに来ては、慰めや共感の声を掛けていく。

それだけ、晃成はクラスの皆に応援されていたらしい。この親友がこうしてクラスの中心になるだなんて、ついこの間までは思いもよらなかった。

祐真も皆に負けじと晃成の傍に行き、肩を叩く。

「晃成、今度やけ食いにでも行こうぜ。ほら、涼香が言ってたハニトーとか」

「はは、そりゃいいな」

「今回は奢るよ」

「楽しみにしとく」

そしてお互いいつも通りの笑みを浮かべ、そんな約束をした。


元気出せよ、今度一緒に遊びに行こうぜ、倉本くん前より全然素敵になったから、エトセトラ。晃成は休み時間の度にこうした声を掛けられていた。

皆の心遣いが身に染み、かたじけなさを感じつつも、次第に元気を取り戻していく晃成。

その表情には多少の陰りがまだあるものの、昨日や今朝と比べれば大違い。祐真にも「最近の俺、ちょっと必死過ぎたかも」と軽口を叩くほどには調子を取り戻したようだった。

後は時間が解決してくれるだろう。そう思った矢先の昼休み。

これまで毎日、莉子と涼香が訪ねてきていた。晃成の恋の作戦会議のためだ。しかし、その顛末は見ての通り。それに今朝のあの空気だと、彼女たちも足を運びづらいだろう。

さて今日はどうしたものか。

祐真が難しい顔をしていると、晃成の下にやってくる者がいた。肩にかかる長めの金髪がよく目立つ、飄々とした印象の男子生徒だ。

「よっ、倉本。すこしいいか？　あーその、ちょっとしたお願いがあるんだ」

「中谷？　あぁ、どうしたんだ？」

「急なことで悪いんだけどさ、実は今日合コンがあるんだ。よかったら参加してほしくて。確かさっき、今日はバイトないって言ってたよな？」

「へ、合コン!?」

合コン。いきなり今まで縁のなかった単語が飛び出し、素っ頓狂な声を上げる晃成。これには虚を衝かれた祐真も息を呑み、目をぱちくりとさせる。

中谷はパンッと手を合わせて拝むようにして言う。

「ほら、失恋の傷には新しい出会いが一番って言うじゃん？　あと会費も千五百円と、かなり安いから！」

「いやまぁ、そうだけど……」

「てか、その中の一人に本命がいるんだよね。そのアシストをして欲しくて」

「けどオレ、合コン自体行ったことないし、そういうの苦手というかよくわからんし」

「そこを何とか頼むよ～」

やはりというか昨日の今日のこと、先輩のことが尾を引いているのだろう。あまり乗り気ではない晃成。しかし、なおも食い下がる中谷。

流石に見かねた祐真は、助け船を出そうと晃成の下へと足を向ける。

その時、困った顔をする晃成と目が合い苦笑を零す。

すると晃成は名案とばかりに「あ！」と声を上げ、中谷に向き直った。

「祐真も参加するなら、オレも行くよ」

「おいおい、晃成」

「むっ、河合も……？」

そんな無茶ぶりをして、やんわりと断る晃成。

こちらに気付き目を瞬かせて見つめてくる中谷に、愛想笑いで手を掲げて答える祐真。

「ま、そういうことだから、中――」

「いいぜ、てか大歓迎だよ！　確か河合って、別に彼女とか好きなやついなかったよな⁉」

「——へ？」

「……え？」

「後もう一人誰にするか探してたんだよな～、助かった！　てわけで今日はよろしく！」

「「…………」」

早速とばかりに相手へメッセージを送り始める中谷。

晃成は困ったような声色で言葉を零す。

「……どうしよ？」

「…………さぁ？」

返す祐真の声も、似たようなものだった。

この日の莉子（りこ）は朝から誰の目にも、意気消沈しているように映っていた。

何人かのクラスメイトから「大丈夫？」「何かあったの？」と声を掛けられるも、「そのちょっと、重い日で」と答えれば皆は納得し、それ以上追求されることはない。

真実、そのように見えることだろう。

だけど本当のところを知っている涼香（すずか）は、莉子を放っておけなくて。

昨日、追いかけて彼女を摑まえた時のことを思い返す。

あの時の莉子はただ、誰に言うでもなく「ごめん」と零したのを覚えている。

それだけ兄の想っていた人のことを、悪し様に言い過ぎた自覚もあるのだろう。それから、早く謝りたいという気持ちも。だけど兄が傷付いているのがありありとわかり、何を言っていいか分からなくなってしまって。

せめてこれ以上は莉子が気落ちしないよう、努めていつもの調子で話しかけ続ける涼香。

本物の食感を再現したホルモン味のグミがどうこう、よく行く繁華街でオープンする逆メイド喫茶のあれこれ、近所の犬の眉毛が云々、エトセトラ。

そんな涼香の気持ちがわからない莉子じゃない。

たまには中庭で食べようと誘い出した昼休み。

「…………」

「…………」

購買で買ったチョココロネをもくもくと咀嚼することしばし。

ふいに莉子が少し申し訳なさそうに、しかしはにかみながら、とつとつの胸の内を零す。

「すずちゃん、ごめん」

「別に、どうってこと」

「はぁ～、ホント最悪。昨日はなんであんなこと言っちゃったかなぁ」

「しょうがないよ。あれはあたしも我が兄のことながら、見てて悔しかったし」

「……違うの」

「違う？」

莉子はそこで言葉を区切り、力なくふるふると頭を振りながら胸に手を当てため息を吐き、見つめてきた。その目には自嘲の色が滲んでおり、何と言っていいかわからない。

涼香が戸惑っていると、莉子はふいに目を逸らして呟く。

「あれは悔しいとか、そんな綺麗なものじゃない。ホントはね、私、晃成先輩がフラれて喜んでたんだよ」

「え？」

「あぁ、よかった、二人が付き合うことにならなくてよかったたって……っ！」

「りっちゃん……」

自らの後ろめたい想いを吐き出す莉子。少しばかり涙が混じった声色だった。

涼香の胸がキュッと締め付けられる。莉子の胸の内に秘めた想いを考えると、それはひどく自然なことだろう。何が悪いのかと。

だけど、莉子はそんな自分が許せないようだった。

「最低だよね、私……」

「そんなこと――」

思わず声を荒らげる涼香。

莉子が兄をいつ頃から好きになったのかは知らない。

そもそも知り合ったのだって中一の頃、強引な部活の勧誘をされていたところを見成に助けられたのが切っ掛けだ。元から好感度は高かったのだろう。

涼香は莉子が、周囲の他の人と違って一途に想ってきたことを知っている。振り向いてもらうため、どれだけ自分を変えようと努力していたのかも。高校デビューなんてその最たるもの。

ずっと、その健気なまでの姿を間近で見てきているのだ。

だから恋愛ごとを忌避している涼香だって、莉子のことは応援している。

だけどこうした時、色恋沙汰の経験値が低いため、何を言っていいかわからなくて。

涼香がもどかしい気持ちで唸っていると、莉子は目を細めて半分以上残った弁当の蓋を閉める。そして空を仰ぎ、ふぅ～っと大きく長い息を吐き、少し晴れ晴れとした声で言った。

「すずちゃん、ありがと。ん～、私も思ってたこと言ったら、少し楽になったかも」

「あたしは何も……」

莉子は少し硬いとはいえ、笑顔を取り戻していた。

涼香は目を細め、親友をまじまじと見ながら思う。

好きな人のことで暴走し、勝手に傷付き、落ち込んで、喜んで、自分に絶望して、あぁ本当に忙しない。改めて恋愛なんて他人も振り回して面倒臭いと思う。だけど――

「どうしたの、すずちゃん？　私の顔に何か付いてる？」

「……ううん、なんでも」

――だけど、少し莉子が眩しく見えてしまった。

まるで羨んでいるかのように錯覚した涼香は、そんな自分が滑稽に思え、それらの気の迷いを呑み込むかのように残りのチョココロネを一気に頬張る。

「さて、予鈴も近いし教室に戻ろっか」

「うん――あれ？」

「すずちゃん？」

立ち上がったその時、スマホが通知を告げていることに気付く。祐真からだった。

もしかして兄と何かあったのかも――そう思って恐る恐る開いたメッセージを見て、文面の意味を即座に理解できず、思わず固まってしまった。

《晃成と合コンに行くことになった。作戦会議がしたい》

その日の放課後、合コン前の僅かな時間の河合家、祐真の部屋。

ベッドの上、寝転ぶ祐真の上にメイド服姿で跨っている涼香は、呆れたように息を吐く。

「――で、断るつもりだったのに、合コン行く羽目になっちゃった、と」

「そ。もう断れる雰囲気じゃないし……はぁ、気乗りしねぇ」

「合コンかぁ、やっぱ向こうも彼氏とか出会いを求めてくるのかな？」

「そうじゃない？　主宰の中谷は本命がいるって言ってたし、俺も彼女がいないかって確かめられたし」

「そんなゆーくんは出会いの場に、他の女とえっちしてから向かう、っと」

悪戯っぽい笑みを浮かべ揶揄うように祐真の鼻先を突く涼香。

祐真はバツが悪そうに顔を逸らし、少し拗ねたように言う。

「それは……仕方ないだろう。ほら、正常な判断をするために必要な措置というか……」

「ゆーくん、誘惑に弱いもんねぇ。クソダサなあたしでさえ襲った前科があるし」

「アレは……涼香……だからかも」

「うん？」

「あーもう！　何でもないってーの！」

「いやん♡」

そう言って祐真は不機嫌そうな顔をして起き上がり、乗っていた涼香を押しのける。

芝居がかった調子で身を捩る涼香。つい先ほどまで、合コンに行くことになった祐真が色香に惑わされぬよう、性欲を発散させていたところだった。

傍から見れば随分と歪んだことをしているように見えるだろう。しかしこうした時のための同盟でもあった。涼香には否やはない。むしろ気恥ずかしげにおねだりしてきた祐真のことが愛らしいとさえ思う。

早速とばかりに先日買ったメイド服が活躍しており、今日の祐真はいつもより興奮し、強く求められた気がして、それに胸の中の欠けた何かが満たされた気さえする。

まぁ祐真としては、理由をつけてメイド服を着て欲しかったのかもしれないけれど。

でもそれはそれで涼香は一つ年上のもう一人の兄のような男の子が、可笑しくて仕方がない。

もっとも、涼香の方もメイド服を着てノリノリでご奉仕して盛り上がったのだが。

それよりも合コンだ。合コンに対し、思うことがあった。

ちらりと脳裏に莉子の顔を思い浮かべながら、その懸念を祐真に訊ねる。

「やっぱ合コンのこと、りっちゃんには言えないよねぇ」

「まぁ晃成自身、別に合コンに乗り気だとか彼女を作るつもりはないみたいだが……」

「でも、りっちゃん以外の女の子が、出会いを求める場に来るわけだからなぁ」

「しかも昨日の今日で、な。バレないよう、秘密にしないと」

「だよねー」

そう言って互いに顔を見合わせ、ため息を吐く涼香と祐真。

祐真の言う通り、合コンの件が知られると、莉子がいかほど傷付くことか。たとえ兄にその気がなく、数合わせで行ったとしても。

内心、面倒臭いなと眉を寄せる。

祐真から合コンに行くと知らされた時のことを思い返す。

確かに今まで縁のなかったことに驚いた。

しかしそこにヤキモチめいたものがなかったのも事実。

まず湧き起ったのはむしろどんなことをするのだろうという好奇心。それから恋愛にあまり興味のない祐真のことだから、盛り上がっている場の端っこで気まずそうにしている姿を想像し、クスリと笑ってしまったほどだ。

やがて涼香は、無造作に置かれた使用済みのゴムを見て感心したように呟く。

「それにしてもゆーくん、今日はすごいね。そんなにメイド服に興奮した？」

「いやまぁ………すごく興奮しました」

「ふふっ。ところでゆーくん、なんかまだ収まりがつかないみたいだけど？」

「これは、その……」

「時間がないっていうのに。でもま、そんな状態で行くわけにはいかないしね～」

そういって、まだまだ物足りないといった様子の祐真に、挑発するようにスカートの裾をチラリと持ち上げる涼香。衣装一つで翻弄される一つ年上の兄の親友が、本当可愛い。

なんであれ、祐真に求められるのは嫌いじゃない。一つに交わっていると肉体的に気持ちいいだけでなく、今まで欠けていた心のどこかに、ぴったりと何かが当てはまる充足感みたいなものもあるから。

それに遠慮なくあられもない姿をさらけ出せるのも、きっと今までいろんな恥ずかしい姿を見せてきた祐真だから、今更という信頼感めいたものもある。

済まなさそうな顔で「悪ぃ」と言って腰を摑む祐真に振り向き、涼香はにこりと笑って「いいよ」と囁いた。

陽は随分と傾き、西空がすっかり茜色に染まる午後五時半過ぎ。

いくつかの路線が交わる基幹駅、その改札口で待ち合わせをして中谷に連れられてやってきた合コン会場は、意外な場所だった。

「居酒屋？」

思わず訝しむ声を上げる祐真。明らかに未成年というか高校生が利用するには、あまり適切でないところだ。晃成だって、少し腰が引けてしまっている。

しかし中谷はどやっと胸を張りながら得意げに言う。

「オレのバイト先なんだ」

「へぇ、っていうか高校生って居酒屋でバイトしたり、利用したりできるんだ」

「さすがに制服姿だと問題あるけどな。ほら、大学生でも二十歳未満の人だっているだろ？　まぁ飲酒さえしなきゃ問題ないらしいよ」

「店側には身元が割れてるから、間違ってお酒が出されることもないと」

「そゆこと」

そして中谷は急な予約のキャンセルが入り、その分の仕込みとかを無駄にするのもなんだからと、こうして急な話になったと説明してくれる。

「従業員価格でかなり安くしてくれるっていうんでさ、同じバイトの子と話してて、どうせなら誰か誘って合コンしてみない？　って流れ。とりあえず中に入ろうぜ」

中谷に先導され、店へと入る。バイト先だというだけあって、彼の足取りは軽い。

一方、晃成は初めての居酒屋に緊張から、表情と身体をガチガチにさせてしまっていた。

祐真も同じく気後れしそうになるも、ゴムを買う時のそれと比べれば大したことないなと思い直し、晃成の背中を押す形で後に続く。

ここにきて祐真は、やはり気乗りしていなかった。

中谷の本命をアシストしてくれと言われても、具体的に何をしていいのかわからない。

そもそも合コンなんて恋愛がらみの浮ついたものには、関わりたくないというのが本音だ。

そこまでして彼女が欲しいとは思わないし、作る気もない。

案内されたのは、六畳ほどの掘りごたつ形式の和風の個室だった。落ち着いた雰囲気で、なかなかにオシャレだ。せいぜいカラオケかファミレスよりかはいい感じ程度の店を想像していただけに、本格的な会場に舌を巻く。中谷が得意げな表情になるのもわかる。

「とりあえずオレは最初に目当ての子の正面に座るから、フォローよろしく。あ、倉本に河合も気に入った子がいたらガンガン行っちゃっていいからな？」

「あ、あぁ」「おぅ……」

そして中谷はうきうきした口ぶりで目当ての子について話す。

目当ての子は女子側の幹事で同じバイトの同僚、隣街の女子高に通う同い年。バイト中もよく目が合うし、手もよく触れる。学校で友達とよく出会いがないと話している等々。

そんなことをやけにテンション高く話す中谷に、引き攣った笑みを返す晃成。

祐真もまたどこか覚えのある内容に、頰を引き攣らせるのだった。


ほどなくして女子側もやってきて、合コンが始まった。

向こうのメンバーはいかにもギャルといった感じの子に、ツインテールのあざとい感じの可愛らしい小柄な子、そして少し場違いのようにも思える長い黒髪の楚々としたお嬢様然とした子。意外なことに、この子が中谷のバイトの同僚で目当ての人らしく、人は見かけによらないなと思う。

それぞれが自己紹介をした後、近くの人たちと話し始める。合コン、というよりかは打ち上げとか食事会といった様相だった。

やがて三十分も過ぎれば硬かった空気も随分と解れ、どんどん盛り上がっていく。

その中でも晃成は最初の緊張はどこへやら、盛んに食べては話し、この場を活気づかせていた。

「うぉ、このマグロのレアカツ、刺身ともカツとも違った感じで箸がめっちゃ進む！　長芋の鉄板焼きもふわもちしてて不思議な食感！　いやぁ実はオレ昨日フラれたばっかで全然食欲なかったんだけどさ、ここのメシ美味しくて手が止まんないよ」

「あはははは、さっきからキミめっちゃ食べてるよね！」

「っていうか失恋したんだ？」

「新しい出会いで倉本を慰めるために誘ったんだけど、料理に癒やされてやんの」

「いやでも大将の料理おいしいもんね、わかる～」

フラれたことをオープンにしてネタにし、ひたすらおいしいと連呼して食べる晃成。まさに花より団子。それが思いの外に好評で、女子受けも悪くない。

中谷は中谷で、その晃成をダシにして、目当ての子と盛り上がっているようだった。

「この手羽餃子ってのも初めてだけど、ほんとうまいなぁ。これ目当てに通いたいくらい」

「お、店員としては大歓迎だぜ。なぁ、豊澤」

「うんうん、今度是非来てよ」

「あ～でもさすがに一人じゃ居酒屋はハードルがなぁ。今度すず……妹でも誘うか」

「そこ、妹じゃなくてうちらを誘ってってなるところじゃ⁉」

「うぐっ、オレ女の子と付き合ったことはおろか、ろくに喋ったことないし、こういう時どうすればいいかわかんなくて」

「きゃはっ、ウケる～。とりあえずうちと連絡先交換しない？」

「あ、あーしも～」

「へ？　え、あ、ちょ……っ」

女子たちから連絡先を訊ねられ、戸惑う晃成。本命がいるにもかかわらず、ついでとばかりにだらしない顔でちゃっかり連絡先を交換する中谷。その輪に入らず、苦笑する祐真。

するとその時、祐真の傍にやってくる女子がいた。黒髪清楚な女の子、女子側幹事であり中谷の目当ての子の豊澤だ。

「確か河合くんだっけ？　さっきからあんまり話してないけど、楽しめてる？」

言葉通りに受け止めると、幹事として責任を感じてのことだろうか？

しかし彼女は肩と肩がくっつくほど身を寄せてきて、小首を傾げ上目遣いで見上げてくる。

自分の可愛い見られ方を完全に意識した行動だった。

中谷に悪いと思いつつも、ドキリと胸が跳ねてしまう。少し甘ったるい異性の香りが鼻腔をくすぐる。祐真は苦笑しつつも、なんてことない風に言葉を返す。

「そんなことないよ、皆の話を聞いてるだけで楽しいし、それに俺も合コン自体初めてでさ、緊張して何話していいかわかんなくて」

「へぇ、そうなんだ。なんかすごく落ち着いてるし、慣れてるのかと思っちゃった」

そう言って豊澤はにこりと人好きのする笑みを浮かべ、今度はさりげなく祐真の手のひらに手を重ねてきた。さすがに驚きを隠せない祐真。

明らかに近過ぎる。涼香とだって意識しないとならないような距離。

しかし先ほどからのことを思い返すと、彼女は誰に対してもこういう距離感だった。それによって中谷がだらしない顔を作っていたのと、晃成が真っ赤になっていたのも印象深い。

彼女にとってこれが普通なのだろうか？

わからない。ただこうも無防備に身体を寄せられ懐に飛び込まれると、自分に気があるのではと錯覚してしまう。――かつての自分のように。

きっと動揺が顔に出なかったのは、事前に涼香に対策してもらったからに違いない。

そんなことを思い祐真が助かったとばかりにフッと口元を緩めれば、豊澤もスッと目を細め、そして耳元に口を寄せ囁く。

「キミ、ほんとは彼女いるでしょ？」

「へ？」

「もしくは近い人がいる？　女の子の扱い方というかあしらい方、妙に慣れてるし」

そう言ってクスリと笑う豊澤に、何て返していいかわからない。涼香との関係なんて一言で言い表せないし、そして世間的に認められるようなものでないこともよくわかっている。

見定めるような視線を投げかける彼女に、自嘲めいた苦笑いと共に言う。

「いないよ。いたこともない。今だって内心、ドキドキだ」

「ふぅん？」

祐真の言葉に、真実嘘はない。

しかしまるで信じていないといった表情の豊澤。

やがて彼女は「そっか」とだけ呟き、依然盛り上がる四人の下へと戻っていった。


その後、山手線ゲームや匿名コインゲームといった遊びを交えつつ、高校生らしい節度を保った盛り上がりを見せ、合コンは終わった。

中谷は目当ての子と仲良くなれただけでなく、他の二人とも連絡先を交換してご満悦。

晃成はよく食べよく愚痴り、かなり弄られる形にはなったものの、気持ちを切り替えられたのか、スッキリとした表情になっている。

祐真はそのことにホッと胸を撫で下ろしつつも、初対面の女子とのやり取りなどで妙に気疲れしてしまったのも確か。ふぅ、と大きな息を吐く。

(やっぱり合コンで知らない子と色々探り合いながら話すより、涼香と遊んだ方がいいな)

そんなことを考えつつ、会費を集め終えた中谷が店の人への挨拶と支払いに行く間に、お手洗いへと向かう祐真。その帰り際、近くの一角で女子たちが集まって話していることに気付いた。

「中谷って、とよちーに絶対気があるよねー。わかりやすすぎ」

「あ、うん、気付いてる。てか必死過ぎて童貞臭さが隠せてないのがね～」

「同じ童貞でも倉本くんだっけ、彼面白いよね～。擦れてなくてちょっと可愛い感じ」

「イメチェン前の姿見せてもらったけど、変わり過ぎてめっちゃウケたし」

「変に気取らないところは好感持てるよね～。てかアンタ最近彼氏と別れたばっかかって言ってたけど、狙うの?」

「ん～、どうかな。また遊んでみてもいいとは思うけど」

「ならさっさと落としちゃえば?」

「でも彼めっちゃ鈍そうだし、こっちから行かないと何の反応もなさそう」

「それはそれであと腐れなく切れていいんじゃね? てかもう一人の静かだった人は?」

「あー、あれ多分他に女いるよ。だからうちらに無関心って感じ。二人と違ってドキリともしてなかったね。少なくともかなり女慣れしてそう」

(…………っ)

どうやら先ほどの自分たちが評されているようだった。

中々に際どい内容に、思わずくしゃりと苦虫を噛(か)み潰(つぶ)したかのように顔を歪(ゆが)める祐真。

話の続きが気になるものの、彼女たちに見つからないほうがいいだろう。

そう思い、気配を殺して晃成(こうせい)と中谷の下へと戻る。

にへらと片手を上げて上機嫌で出迎えてくれた二人を見て苦笑い。

そしてつくづく思うことがあった。

(――女子の裏の顔、怖っ)

第九話　どうしよう？

翌朝の空はどんよりした雲が広がっていた。かすかに雨の匂いが混じっており、降るかどうかは五分といったところだろうか。なんともどっちつかずの天気。

しかしそんな空模様とは裏腹に、晃成の表情は晴れやかだった。

晃成はいつもの時間、いつもの駅で莉子が乗り合わせてくるなり、頭を下げる。

「昨日、一昨日はすまんかった、莉子！」

「こ、晃成先輩!?」

「今になったらわかるけど、パンケーキの店での莉子も、オレを励まそうとしてのことだったんだろ？　あの時はちょっと心に余裕がなくてさ、つらく当たっちまった」

「あ、頭を上げてください！　それに私の方こそ配慮がなかったといいますか……」

「……じゃあお互いさまってことで」

「はい……っ」

少しぎこちない笑みを浮かべつつ、手を差し伸べる晃成。莉子は昨日までと打って変わって明るい調子を取り戻した晃成に面食らうものの、ふにゃりと頬を緩ませその手を摑む。

そんな二人を見て、ホッと胸を撫で下ろす祐真と涼香。

莉子は少し小首を傾げながら、晃成に訊ねる。

「それにしても晃成先輩、やけにすっきりした顔をしてますね。何かあったんです？」

「あぁ、実は昨日中谷――ほら、うちのクラスの少し長めの金髪のやついただろ？　あいつに合コンに連れて行ってもらってな」

「っ、へぇ、あのチャラそうな人と……」

「っ!?」「っ！」

晃成がいきなり臆面もなく零した『合コン』という言葉で、この場の空気がピシャリと固まる。

頬を引き攣らせる莉子。顔から血の気が引いていく祐真と涼香。

「いやぁ、合コンなんて初――」

「か、数合わせで誘われたんだよな！　最初は晃成も俺と一緒なら行くってやんわり断ったんだけど、どういうわけかそれでもオッケーが出ちゃってさっ！」

なおも能天気に喋ろうとする晃成に、慌てて莉子に説明するかのように言葉を被せる祐真。涼香の方へと目配せすれば、こちらの意図を素早く汲み取り、少しぎこちない声色ながらも質問を投げかけてくれる。

「ゆ、ゆーくんも行ったんだ？　ね、合コンってどんな感じだったの？」

「合コンって言葉を使うと出会いを求めてのあれだけど、実際は他校との食事会とか交流会っていった雰囲気だったかな。な、晃成？」

「おぅ、とにかくメシがすごく美味かったんだよ！　手羽先の中に餃子の具を詰め込んで揚げたやつとか、マグロのレアカツとか初めて経験するような味でさ！」

「確かに口で説明するのは難しい感じだよな。晃成なんてずっと夢中になって食べてたし」

「ははっ、ショックで何も喉通ってなかったから、腹減っちゃってて」

「そんな感じでひたすら食べてたから、ヤケ食いしに来たとか皆に弄られてたんだよな」

「うぐっ、事実なだけに何も言えねぇ」

祐真のツッコミにバツの悪い顔を作る晃成。

そこへ目に少しばかり好奇の色を滲ませた涼香が口を開く。

「失恋のショックを吹き飛ばすほどの料理って、なんかめっちゃ気になってきたかも！　ね、りっちゃん？」

「う、うん。晃成先輩がそれだけ夢中になるご飯、気になるかも」

「でしょ!?　ここはひとつ最近お騒がせしまくった迷惑料として、お兄ちゃんに奢ってもらわなきゃ」

「へっ!?　いやでも、それは……」

食べてばかりなことを強調し、さりげなく他の女の子には興味も向かなかったと話を誘導する祐真。それに乗っかる涼香に、同意する晃成。そしてホッと胸を撫で下ろす莉子。

なんとかいつもの空気へと、軌道修正に成功したようだった。

その後、料理の話ばかりをしながら電車を降り、和気藹々と学校を目指す。

合コンのことでひやりとしてしまったものの、なんとか一件落着と思った、それぞれの教室への別れ際、昇降口でのこと。

莉子がさりげなく、早速とばかりにいつものように提案した。

「じゃあ次の週末にでも、そのお店に行ってみましょうよ！」

いつもなら快諾する流れだが、何かに気付いた晃成が少し気まずそうに答える。

「あー……実は昨日食べてばかりだったからさ、埋め合わせをしろって言われてんだ」

「……え？」「へ？」「っ!?」

いきなりの発言に、今度こそ完全に固まってしまう面々。祐真も知らない話だった。

そんな三人とは裏腹に、晃成はたははと笑って頭を掻きながら言葉を続ける。

「いかにもギャルって感じの子がいただろ？　ほら、彼氏にフラれたばっかって言ってた明るい感じの子。その子と幹事の子からもさ、昨日の仕切り直しをしようって連絡が来てて。オレも散々フラれた愚痴を言いまくってた手前、断りづらくてさ。……っていうか祐真、その話聞いてないのか？」

「あ、あぁいや何も……」

「え、そうなの？　どういうことだろ……あ、もしかして幹事の子と中谷に何かあって、一対一で会うのは～っていうダシにされてるんかな？」

「さ、さぁ」

「う～、悪い子じゃないってのはわかるけど、オレ、ああいういかにもギャルってタイプ苦手なんだよなぁ」

「「…………」」

何とも困った顔で言いながら、自分の靴箱へと向かう晃成。

確かに昨日のことを思い返せば、晃成の言う通り埋め合わせにも受け取れるだろう。晃成本人も不本意然として話している。

しかし女子たちの会話を盗み聞きした祐真には、明確に晃成へのアプローチのように思えた。そのように感じたのは莉子と涼香も同じなのだろう。その場で呆然としてしまっている。

「あれ、どうしたんだ？」

「っ、あぁ今行くっ」

その場から動かない祐真たちを不審に思って話しかける晃成。

自分が狙われているとはまるで思っていないのだろう。その表情は脳天気で、祐真は顔をくしゃりと歪ませる。

ちらりと莉子を見てみれば、愕然とした様子だった。しかしこんな時、何て言っていいかわからなくて。そして同じように眉根を寄せる涼香と目が合った。

「涼香……」

「っ、あぁうん、こっちは任せて」

祐真はそう言ってくれる涼香に片手を上げ、晃成を追うのだった。

祐真と晃成と別れた涼香と莉子は、会話もなくとぼとぼと教室に向かって廊下を歩く。

涼香の目から見ても晃成は、身内の贔屓目を抜きにして見違えるほど変わったと思う。事実、同級生からすっかり様変わりした兄について、何度か訊ねられたことがある。

だから遅かれ早かれ、こうなることは十分に予測できたことだ。

それは莉子だって、分からないはずがないだろう。にもかかわらずショックを隠し切れないといった様子で肩を落とし歩く親友に、やけにもやもやしてしまう。

莉子の想いなんて、涼香の目からも明らか。中学の頃から傍で見てきているのだ。

そして兄も、莉子のことを憎からず想っている。少なくとも妹として知る限り、兄が一番心を許している異性に違いない。しかも先日の映画の件で、性的な対象になりうるというのもわかっている。

本音を言えば、お似合いだと思う。早く、くっつけと叫びたいところ。

だというのに、なんだか二人がやけに遠回りしているように思え、全くもってため息と共に心の中で吐きたい言葉があった。

――恋愛って本当、メンドクサイ。

だから次に涼香が零した本音は、呆れと共にお節介も多分に含まれていた。

「さっきのお兄ちゃんのアレ、絶対粉かけられてたよね。まぁ我が兄ながら、昔と比べると随分見られるようになったし」

「…………うん」

「傷心に付け込まれ、コロっていっちゃったりして」

「…………かもね」

「お兄ちゃん、そういうの耐性なさそうだし」

「…………だね」

しかし素っ気なく、あまりに危機感のない莉子の相槌に、次第にイライラを募らせる涼香。

もし本気で兄と付き合いたいのなら、この傷心を機に色香で迫ればいいのだ。性愛の対象と認識していることもあり、あっさり陥落するだろう。そして兄ならば自分たちと違い、しっかりと責任を取るに違いない。なんとも簡単な構図のハズだ。

だから声色に苛立ちを隠そうともせず、煽るかのように言う。

「あのさ、このままじゃお兄ちゃん、本当に誰かに取られちゃうよ」

「………さい」

すると莉子の足がピタリと止まった。

それに気付かない涼香は彼女の方を見ることなく、肩を竦めながら言葉を続ける。

「好きならさっさと告ればいいのに、手遅れになってからじゃ知ら――」

「……うる、さいっ！」

パァン、と乾いた音が廊下に響く。

「――ぁ」

周囲も何事かと思い、視線を向けてくる。

涼香はその瞬間、何が起きたのかわからなかった。ただ、じんじんと痛む頬が熱い。

莉子もまた、自分が何をしたのかわからないようだった。唖然として目を丸くし、自分の右手を眺めている。

しかしそれも一瞬のこと。

すぐさま涙ぐんだ眦を精一杯キッと吊り上げ、赤裸々な胸の内をぶつけてくる。

「そんなことわかってるよ！　けど私は先輩の好みじゃない、付き合う対象には見られてない！　言ったって成功するわけないし、困らせるだけでしょ！」

「それ、は……」

「フラれちゃったら、今のこの関係だって壊れちゃうんだよ!?　これまでと同じ様に傍にいら

れなくなるんだよ⁉　他人事だと思って、軽々しく言わないでよ！」

「り、りっちゃん……っ！」

莉子はそれだけ言い捨て、目尻から零れた雫で廊下を叩き、走り去っていく。

その時の傷付いた顔が瞳に焼き付き、足は動いてくれず追いかけられない。

どうやら涼香の要らぬ言葉が、莉子を深く傷付けてしまったらしい。

周囲の騒めきが、どこか遠いことのように聞こえる。未だ思考はぐるぐる空回りしたまま。

それでも一つ、確かに分かることがあった。


——あたし、間違えちゃった。

教室へ入った晃成は、早速とばかりに中谷のところへと赴いていた。先ほどの合コンの埋め合わせの件を訊ねるためだ。
そして中谷から返ってきた言葉に目を瞬かせる晃成。
「え、これって二人で遊ぼうってお誘いなの⁉」
「ほ、ほら豊澤からのメッセージは、その子に良くしてあげてね、で留まってんじゃん」

「あ、ほんとだ」

「っていうかこっちには何の連絡もないし、一瞬豊澤とも個別に遊ぼうと誘われてるのかと思ってメチャクチャ焦ったし！」

「むぅ、けどオレ女子と一対一で何していいか全然わかんねぇぞ」

「何を贅沢なことを言ってんだよ！　くう、オレも豊澤と二人で遊びたいぜ！」

「お？　中谷と倉本、何の話をしてんだ？」

「あぁ、実は昨日の合コンで――」

「おいおい、その女子校って――」

晃成と中谷が話していると、会話を聞きつけた他のクラスメイトもやってくる。

どうやらさっきのあれは、やはり晃成へのデートのお誘いらしい。本人はそれをどこまで理解しているやら。それに先ほどの莉子を思えば、頭が痛い。祐真は「はぁぁぁ」と重いため息を吐く。

休み時間の度に晃成は話題になっていた。以前と違い、今度は合コンで出会った相手から、早速とばかりに遊びに誘われたことが広まったからだ。

相変わらずクラスの中心に居る晃成を、つくづく以前と変わったなと思う。

自分だってイメチェンして見た目を変えたはずなのに、初日の驚き以外反応がない。

まるで主人公と脇役な感覚。そんなことを考え、自嘲を零す。

そして迎えた昼休み。相変わらず晃成は皆に弄られている。晃成は助けを求めるように祐真へ視線を投げかけてくるものの、色恋沙汰の話から飛び火して巻き込まれてはごめんと、曖昧な笑みを返すのみ。

それとは別に気になることがあった。涼香と莉子だ。今朝の別れ際では昨日に引き続き、こちらへやって来られないような空気があった。

気にならないと言えば嘘になる。低く唸ることしばし。

《晃成の方はなんとかなると思う。そっちはどうだ？》

まずは向こうの状況を窺うべく、簡潔にそれだけ涼香にメッセージを送る。

興味津々といったクラスメイトたちに食堂へと連行される晃成を見送り、自分の席で頬杖を突きながら返事を待つ。

しかしいくら待っても返事は来ず、昼休みも終わりに近づく。祐真は食いはぐれては敵わないと、ギリギリになって購買へと駆け込み、売れ残りのコッペパンを、眉を顰めて齧った。

放課後になるなりバイトがあるらしい晃成は、きまりが悪い顔で「さすがに先輩に会うの、気まずいなぁ」と愚痴りつつも、クラスの皆の声援を受けて向かって行った。そういう軽口を叩けるくらいには、調子を取り戻したようだ。晃成はもう大丈夫だろう。

それよりも莉子と涼香の方だ。

昼休みに送ったメッセージの返事はおろか、既読すら付いていない。何か立て込んでいるのだろうか？

さすがに何かあったのではと心配になった祐真は、一年の教室へと足を向ける。

しかし涼香も莉子も、とっくに帰った後だった。

なんとも肩透かしをくらった祐真は、釈然としない様子で帰宅の途につく。

電車の窓に映る小難しい表情の自分の顔を眺めながら、莉子について思いを巡らす。

やはり晃成が自分の知らない間に合コンに行っただけでなく、そこで出会った異性からアプローチを受けているとなれば、その胸中は穏やかではいられないだろう。

ふと涼香が祐真の知らぬ間に合コンに行き、そこで出会った相手からデートに誘われると想像してみる。べつに涼香は彼女でもなんでもないし、とやかく言うつもりはないが、それでもモヤモヤしてしまうのも確か。

その涼香はといえば、祐真を快く合コンへ送り出してくれた。しかも直前、性欲に振り回されないよう、発散させてもくれた。涼香は一体、どういう心境で応じていたのだろうか？

考え出すと余計にモヤモヤしてしまい、ドツボに嵌りそうだったので、頭を振って意識をリセットさせる。

さて、それよりも莉子のことだ。

夜に改めて涼香に電話してみよう——そう思い家へ帰ると、鍵が開いていることに気付く。

「……あれ？」

訝しみながらも玄関の扉を開けると、最近見慣れつつある涼香のローファー。

どうやらまた勝手に上がり込んでいるらしい。今日来るとは聞いていないものの、それなら
それでメッセージの返事をしてくれと内心苦笑を零す。

そんなことを考え自分の部屋へと入った祐真は、思わず怪訝な声を漏らした。

「……涼香？」

「…………」

名前を呼ぶも返事はない。涼香はベッドの上で膝を抱え俯いていた。心の中にぽっかりと穴
が空いてしまったような、虚ろな表情をしている。

莉子と何かあったのだろうか？

いつも明るい涼香らしくない様子だった。

だというのに、ひどく既視感のある姿だった。

どうしてそう思ってしまったのか、自分で自分に困惑する祐真。

しばしその場に立ち尽くし、涼香との記憶を掘り返していく。しかし出てくるのは、いつだ
って好奇心旺盛で一緒にイタズラしたり、悪だくみしているものばかり。

だけど、確かにどこかで見た記憶があるのだ。しかも大切なもののはず。

その直感を信じ、どんどんと記憶を掘り返していく。

（………あ）

するとその一番奥底で見つけたものと、ピタリと一致した。

それは初めて涼香と出会った時のこと。

晃成と友達になってよく遊ぶようになり、初めて倉本家に上がったとある雨の日。あの時も涼香は部屋の片隅で、寂しそうに膝を抱えていた。それと、やけに似ている。

きっとあの時の祐真も、涼香を放っておけなかったのだろう。手を差し伸べ、一緒に遊ぼうと声を掛けた。それが、涼香という一つ年下の女の子との出会いだった。

「………」

「………あ」

祐真は何も言わず隣に腰掛け、そっと涼香の頭を抱き寄せた。

涼香の口から嗚咽の様な声が零れる。

今も、そしてかつても何があったかはわからない。

ただこの状態の涼香をこのままにはしておけなくて。

祐真はただ、あやすように頭を撫でる。

されるがままの涼香。

次第に陰鬱とした空気は緩み、いつものものへと変わっていく。

少し落ち着いたのだろう。

涼香は力を抜いて祐真に身体を預け、とつとつと胸の内を話しだす。

「あたし、失敗しちゃった」

「失敗？」

「りっちゃんにひどいこと言っちゃった」

強い後悔の滲んだ、弱々しい声だった。

いつもの涼香からかけ離れた声色に、祐真の胸もギュッと締め付けられる。

「でも、涼香に悪気はなかったんだろ？」

「うん……良かれと思ってのことだったの。けどそれ、余計なお世話だった」

「そういう行き違い、あるよな」

「どうしよう、あんなりっちゃんの顔、初めて見た。すごく、傷付いてた。あたしが、傷付けた……！」

「涼香」

「あたしが、りっちゃんにあんな顔をさせた！　謝ろうとしても目も合わせてくれないし、そもそも近付いてもすぐ逃げられちゃうし、きっともう、りっちゃんは許し――」

「もういい、涼香……んっ」

「ん、んちゅ……んっ………」

一度胸の不安を零しはじめると、どんどん悪い方に考え自己嫌悪に陥っていく涼香。祐真はもうそれ以上喋らすまいと、唇で唇を塞ぐ。ここに自分がいるから安心してという思いを込め、慈しむように彼女の身体を撫でる。

とにかく涼香の、記憶の奥底にあるかつてと同じような暗い顔をしている女の子の心の隙間を、埋めてあげたかった。

そのために二人の間を隔てている制服が邪魔だとばかりに、一枚ずつ丁寧に引き剝がす。

やがて祐真も一糸まとわぬ姿になり、そっと涼香を押し倒す。

ジッと目を見つめていると、涼香は瞳を潤ませ懇願するように囁く。

「……ゆーくん」

「あぁ」

「嫌なこと、忘れさせて」

珍しく、いや初めてかもしれない涼香からのおねだり。

祐真は自分を彼女の中に刻み付けるかのように強く抱きしめ、涼香もまた縋りつくかのように抱きついてきて――そして理性を手放したかのように、淫らに乱れた。

そして一度ことを終えた後。

祐真と涼香はいまだ、ベッドの上で特に動くことなく抱き合っていた。

涼香は祐真の上であやされるように頭を撫でられ、気持ちよさそうに目を細め、肩にこてんとおでこを押し付けている。

「はぁ、こうしてるとやけに落ち着く」

「そりゃよかった」

「なんだかすごく甘やかされて、ダメダメになっていってる気がする」

「じゃあもうやめるか？」

「ん、もうちょっとだけ」

「あいよ」

まったりとした空気の中、素のままの肌と肌を重ね祐真に身を委ねている涼香は、ふいに自嘲気味に呟く。

「あたしってさ、つくづく恋愛に向いてないなって思う。結局りっちゃんのことが、恋する女の子の気持ちが全然わかんなくて、傷付けちゃったし」

「……それだけどさ、油長だってきっときちんと話して謝れば許してくれるよ」

「そうかな？」

「そうだよ。なんなら俺がそういう機会を作るし」

「ゆーくんが」

「あぁ、任せてくれよ。たまには兄貴分らしいところ見せないとな」

「そっか」

そう呟いて涼香は、ぎゅっとしがみついてくる。そして「はぁ」と大きなため息を吐き、しみじみと言う。

「ほんと、ゆーくんが彼氏じゃなくてよかった。こんな情けない姿を好きな人に見せてたら、きっと今頃幻滅されてフラれちゃってるよ」

「それはお互い様。俺も散々、涼香には必死で残念な姿を見せてるし」

「あはっ、そういやそうだね」

「だろ？」

そう言って祐真と涼香は顔を寄せて、くすくすと笑った。

第十話　お似合い

昨日に引き続きどんよりとした雲が広がる翌朝、いつもの時間いつもの駅。

しかしいつもと違って莉子は乗り合わせてこなかった。今までで初めてのことだ。

「あれ、莉子がいない。メッセージの方も何も来てないし、急な風邪か何かかなぁ……祐真に涼香、何か聞いてるか？」

「さぁ、俺は何も」

「…………」

困った顔で肩を竦める祐真。少し翳りのある曖昧な笑みを浮かべ頭を振る涼香。不思議そうに首を捻る晃成。

ちょっとした諍いならこれまでもよくあることだった。晃成がフラれた時だって、気まずいながらも顔は見せている。

それなのに、乗り合わせてこなかったことに戸惑いを隠せない。

それほどまでに、涼香と仲を拗らせてしまったのだろうか。

「なぁ昨日のバイトのことなんだけどさ、聞いてくれよ。実は先輩と一緒になってさ――」

莉子がいないことを特に気にしていない様子の晃成は、報告と愚痴を兼ねて昨日のバイト先でのことを話しだす。気まずいのは確かだが、そもそも告白したわけではないので、先日のことは何でもなかった風を装ったとか等々。

とはいえわかりやすい晃成のこと、きっとあからさまに視線を逸らしたり、避けたり、話しかけられれば上ずった声で挙動不審になったに違いない。

いつもなら莉子がそういったツッコミをしているところだろう。それが見られないことに、少しばかり物足りなさを感じてしまう。

それは晃成も同じのようで、話しながらもどこか心が空滑りしているかのよう。

涼香のことを抜きにしても、祐真は莉子のことは何とかしたいという気持ちを新たにした。


祐真は授業中もひたすら、莉子と涼香を仲直りさせるにはどうすればいいか考えていた。シャーペンを手のひらで弄びながら、二人の間を取り持つための案を考え、思い巡らすものの、なかなか妙案は浮かばない。そもそも女子同士の喧嘩なんて、未知のもの。しかも恋愛が絡むとなれば、なおさら。

自分一人では限界がある。誰かに相談した方がいいだろう。

一番仲が良く、何でも話せる相手となれば晃成だ。しかし今回の件は話せるはずもなくて。

今朝のことを思い返す。電車を降り、学校へと向かう道すがら、莉子がいないだけで、随分物足りなさを感じていた。そこにあるべきものがないような感覚。

祐真が涼香を避けていた時も、こんな感じだったのだろうか。

その時のことを想像すると、ふいにとある人物の顔が脳裏を過る。

——上田紗雪。

あぁ、彼女には随分と世話になった。そして、その人となりをよく知っている。他人に色々と吹聴したりする性格でもないだろう。しかも、祐真たち四人の関係性のことも、中学時代からよく知っている。それに女子同士の問題だ、同じ女子である紗雪の意見も伺いたいところ。

なるほど、相談相手として適任かもしれない。

そう思って迎えた昼休み。

「祐真、お昼はどうすんだ？」

「今日はちょっと委員の手伝いを思い出したから！」

晃成が昼食について尋ねてくるも、そう言い訳して廊下へ飛び出す祐真。

購買で適当にお昼を見繕い、その足で図書室へ。

昼の喧騒に包まれた校内にあって、図書室はやけに静かで人気もなく、まるで異世界に迷い込んでしまったかのよう。

そこからさらに扉を一つ隔てた最奥の図書準備室に、はたしてお弁当を広げる目当ての人物がいた。

「あ、上田さん」

「っ!?」

　しかし紗雪は祐真が訪れたことがよほど意外だったのだろう。目を大きく見開きぱちくりとさせ、小鳥のようにちまちまと啄んでいたご飯を喉に詰まらせてしまう。

「んぐっ、んんっ!?」

「っ、こ、これ飲んで上田さん！」

「んくっ、んくっ、ん……ぷはぁ。ありがとうございます、河合くん」

「いや、こちらこそ驚かせて悪かった」

「えっとお茶は……」

「さっきのお詫びってことで」

「さすがに払いますよ。えっと、購買の百円のやつですよね？」

「あぁ、うん」

　沙雪は食事を中断し、スカートのポケットから小銭入れを取り出す。そして沙雪は百円玉を渡しながら訊ねてきた。

「お昼ですか？」

「そんなところ」

　祐真は返事をしつつ、先日の涼香から逃げていた時の一件で指定席になっていた準備室の椅子へ腰かける。少し懐かしさを感じながら、買ってきたチョココロネを齧りつつ、話を切り出すタイミングを窺う。

お互い無言でお昼を食べ進めることしばし。

しかし祐真はあまりに紗雪のことを意識してしまっていたのだろう。

途中でかちゃりと箸を置いた紗雪は、少し困った顔で恥ずかしそうに尋ねてきた。

「えっと、私に何か用なのでしょうか?」

さすがに彼女を見過ぎていた自覚があるだけに、祐真は申し訳なさそうに「あ〜」と口の中で母音を転がす。とはいえ、他に頼れる相手がいないのも事実。逡巡することしばし。意を決して「んっ」と喉を鳴らし、チョココロネを膝に置いて紗雪に向き直る。

「実はその、相談したいことがあって」

「相談……?」

予想外の言葉だったのだろう。紗雪はこてんと小首を傾げつつも、自分で力になれるのかと少し不安そうに瞳を揺らす。

祐真も同じように困った表情を浮かべ、その内容を口にする。

「実は涼香が莉子と——晃成の妹が親友とケンカしちゃってさ」

「涼香ちゃんに莉子ちゃん……あのちょっとスラッとして綺麗になった子と、小柄で可愛らしくなった子ですよね?」

紗雪の綺麗になった子と可愛らしくなった子という言い方に、思わず頬を緩める祐真。

やはりその二人を中学時代から知っている彼女だからこそ、客観的な意見がもらえそうで、相談する相手として適切そうだ。

「あぁ、涼香がほとほと困っちゃっててさ。どうにかしてやりたいんだけど、俺、他に女子の知り合いとかいないし、何をどう聞いてもらっていいかわからなくて」

「確かお二人って、中学の頃からすごく仲が良かったですよね？　何が理由でケンカを？」

「涼香から聞いた話だけど、実は――」

一応、莉子が晃成のことが好きだということは伏せつつ、ここ最近起こった事情を説明していく。とはいえ、莉子の気持ちはやはり第三者の紗雪から見てもバレバレのようだった。お互い莉子が晃成のことを好き、ということを意識してぼかして話すことに苦笑い。

祐真が一通り事情を話し終えると、紗雪は口元に手を当て、むむむと唸って思案顔。

正直、紗雪頼りなところがある祐真は、祈るような心境で彼女を見つめることしばし。

やがて顔を上げた紗雪は神妙な顔で、状況を確認するかのように訪ねてきた。

「涼香ちゃんに悪気はなかったのだけれど、莉子ちゃんが一番触れて欲しくないことをズケズケ言っちゃったわけですね」

「あぁ、涼香も普段ならそんなこと言わなかったと思う。ただヤキモキしていただけで」

「そして莉子ちゃんはそのことばかりはと、意固地になって拗ねちゃったと」

「拗ねたり……まぁそうかもだけどさ」

「だったらちゃんと話をして謝れば、元通りになると思いますよ」

「……そうかな？」

「そうですよ。私もこの間、弟と似たような大喧嘩しましたし」

「え、喧嘩？」

どこかおっとりとして物静かな紗雪の口から、喧嘩という似つかわしくない単語を耳にし、目を白黒させる祐真。紗雪は苦笑しながら言う。

「ほら、先日ファッション雑誌のこと話したじゃないですか」

「っ、あぁコンビニで」

ゴムを買いに行った時に紗雪と出会ったことを思い返し、少しばかり動揺から目を泳がせる。

しかし紗雪はそんな祐真に気付かず、少し恥ずかしそうに顔を背け、窓の外を見ながら言葉を続ける。

「好きな子ができたみたいで急に色気づいたものだから、相手ってどんな子なの、とか揶揄い半分で無遠慮に何度も聞いちゃって、それで。口も利かなくなるだけじゃなく、家の中でも完全無視だし、ほとほと困っちゃいました」

「それは……」

「多分、涼香ちゃんと莉子ちゃんは、その時の私と弟と一緒だと思うんです。私も仲直りにかなり苦労しましたし、それにきっとこういうのって時間が経てば経つほど切っ掛けが摑みにくくなると思います。だから何でもいいので、話す切っ掛けを作ってあげてください」

「と、言われてもな。具体的にどうすればいいかわからないから、こうして……」

「難しく考える必要はないと思いますよ。だって元々二人は仲良しさんで、お互いの良いところや好きなところをいっぱい知っているんですから、きっといつもと同じように遊べばそれだけですぐ元通りです」

「そうかな？」

「そうですよ。何なら私が保証します」

そう言って任せなさいとばかりに、トンッと胸を叩く紗雪。

なんとも祐真の目には頼りになりそうに見え、そしてふとある感想を抱く。

（あぁ上田さんって、お姉さんなんだ）

今まで知らなかった同級生の意外な一面に気付き、くすりと笑みを零す祐真。

「じゃあ俺が頑張って遊びに誘う企画を考えないとな」

「最初はいきなり話す切っ掛けなんて摑めないでしょうから、共通の話題になるようなものがいいかもしれません。ほら、デートの時に映画を見るのは、話題作りって言いますから」

「言われれば確かにそうかも。って上田さんも、デートに興味あるんだ？」

「そ、そりゃ私だって一応、年頃の乙女ですし？」

紗雪(さゆき)の口から飛び出したデートという単語に目をぱちくりさせていると、紗雪は恥ずかしそうに頬(ほお)を染め「まぁ今のは小説からの受け売りですが」と自らネタバラシ。空気も和む。

「何にせよ、まずは遊びに連れ出さないとな。けど俺から誘うと、後ろに涼香(すずか)がいるってすぐバレそうだし……」

「ほら、そこは莉子(りこ)ちゃんを誘うのに最適な人がいますよ。まず断れない相手が」

「あぁ、なるほど」

晃成(こうせい)から熱心に誘われれば、たとえ今の状況でも、まず莉子が断ることはないだろう。

祐真(ゆうま)は早速とばかりにスマホを取り出しメッセージを打ち込み始め、しかしそれももどかしいとばかりに通話へと切り替える。

数回の呼び出し音の後、晃成へと繋(つな)がった瞬間、矢継ぎ早に言葉を繰り出す。

『お、どうした祐――』

「次の週末、遊びに行くぞ。晃成は油長(あぶらなが)を誘ってくれ。いいか、泣き落としでもなんでもいいから手段は選ばず、確実に連れてきてくれ」

『え、でもオレその日――』

「いいから！」

焦れたように声を荒らげる祐真。

言ってから、相手の都合を考えず自分のわがままを押し通そうとしている自覚が出てくるが、それでも涼香と莉子の仲直りに晃成は外せない。だけどそのことを上手く説明出来なくて、もどかしい沈黙が横たわる。

しかしそんな祐真の心の内が伝わったのか、晃成はスマホ越しに『はぁぁ』と大きなため息を漏らし、そしてやけに優し気な声で言葉を返した。

『――……わかった、向こうは断っておく。オレが莉子を誘えばいいんだな？　場所と時間はどこだ？』

「えっと、そうだな……十時にいつもの繁華街でどうだ？」

『おいおい、そのへんまだノープランかよ。じゃあ適当に言って誘っとく』

「あぁ、助かる」

『いいってことよ。あとは任せたぞ』

そこで通話は終わり、祐真は背もたれに身体を預け、大きく安堵の息を吐き出す。

一連の様子を隣で見守っていた紗雪は目を細めながら、少し揶揄うように言う。

「河合くん、随分必死でしたね。ほんと、涼香ちゃんのことが大好きなんだ」

大好き。紗雪のそんな言葉に、思わず何ともいえない表情を作る祐真。

涼香のことが好きか嫌いかで問われれば好きだろう。だけど、異性に対するそれではない。

散々えっちをしているにもかかわらず、困ったことにそんな気持ちが湧いてきてくれやしない。

祐真は自嘲めいた笑みを浮かべ、答える。

「大好きって……まぁ、昔からずっと一緒に育ってきたんだから、そりゃ涼香が困っているなら多少の無理はするよ」

「あくまで妹みたいなもの、と」

「そうだな、もう一人の家族って言葉が一番近いかもしれん」

「あら、それは――……すごく素敵な関係ですね」

紗雪はしばらく目を瞬かせた後、ふにゃりと頬を緩めて、そう言った。

「っ、そうか？」

「はい、とっても」

思わずドキリと胸が跳ねると共に、じんわりと温かいものが広がる。まるで紗雪に、涼香との関係を認められたような気がして、頬が熱を帯びていく。

どうしてかはよくわからない。だけど悪い気はしない。祐真は「うぅ」と低い唸り声を上げ、そして照れ隠し半分、紗雪に気になっていたことを訊ねた。

「ところで上田さんは、結局何を切っ掛けにして弟と仲直りしたんだ？」

「私ですか？　弟が気になっていたゲームを買って、一緒にやろうって誘いましたよ。最初は無視をしようとしたみたいですが、効果は覿面でした。予想外の出費でしたけどね」

「でも、それで仲が直るなら安い買い物か」

「えぇ」

そう言って祐真と紗雪は顔を見合わせ笑い合う。

窓の外では曇り空の間から、力強い太陽が顔を覗かせ始めていた。


そうして迎えた週末。この日はよく晴れ渡り、夏を先取りしたかのような暑さだった。

この地方最大の繁華街ともなれば、祐真たち同様に近隣の県から遊びにやって来る人も多い。その彼らのほとんどが夏の装いだ。

皆一様に、燦々と輝く太陽に負けないほど、うきうきした顔をしている一方、いつもの待ち合わせ場所に集まった祐真たちの間に流れる空気は、どんよりと曇っていた。

「…………」

「…………っ」

「き、今日は急に誘って悪かったな、特に晃成は元からあった予定をキャンセルしてもらったみたいだし！」

「いいってことよ、迷ってたし、いつもの皆で遊ぶからって断る切っ掛けになったしさ」

「…………」

「…………」

「おい、祐真……」

「あ、あぁ……」

あからさまに距離を取り、目も合わそうとしない涼香と莉子。そのいかにも壁がありますといった様子の二人を見て、さすがに何かあったのかと悟る晃成。こちらに大丈夫かという視線を投げかけてくる。

祐真も想像以上に剣呑な空気に怯みそうになるが、ここで尻込みなんてしていられない。努めて明るい声を意識して、口を開いた。

「今日はさ、どうしても行きたい場所があって。けど、一人じゃ入りづらくてさ」

晃成が「おおー?」と相槌を打ってくるものの、莉子からは恨みがましい視線が飛んでくる。涼香はまごつくばかり。前途は多難だ。顔を引き攣らせる祐真。

祐真が歩き出すと、晃成は莉子と涼香も付いてきてくれよとばかりに最後尾へ。

親友なりの気遣いに感謝しつつ、やってきたお店の看板を見た涼香は、それまでの暗い表情から一転、少しばかり好奇の色を滲ませた声を上げた。

「猫カフェ……」

「あぁ、どんなところか一度、来てみたくて」

「オレも興味はあっても入ったことないや。莉子も、昔から動物好きって言ってたっけ?」

「……うん」

莉子や涼香の反応を見るに、摑みは上々のようだ。

この猫カフェは、先日紗雪と相談して決めたところだった。元々涼香が興味を示していたことを思い出し、そして莉子も昔から犬猫が好きだ。ここなら特に会話が必要もないこともあり、今の二人にはぴったりの場所だろう。晃成だって「猫、可愛いよな」と目尻を下げている。

そわそわしだした面々を伴って、店の中へ。入り口でドリンクの注文や支払いを済ませ、中へ入る。

店、というよりかは一般家庭のリビング然とした部屋では、様々な猫たちが思い思いに過ごしていた。玩具に飛びついたり、ソファではへそ天で寝そべっていたり、お互い重なり合うようにじゃれあっていたり。

よくよく見てみれば、やんちゃだったり、怖がりだったり、ひたすらマイペースだったり、猫同士が好き、人間に構ってもらうのが好き等々、猫ごとにいろんな性格の子がいるのがよくわかる。その姿はどの子も愛らしく、ついついだらしない顔になってしまうというもの。

「わ、わ、わ、何か咥えてあたしのところに来たんだけど⁉」

「それ、すずちゃんに遊んでって言ってるんじゃない？　きゃっ、私のとこにも！」

「なぁ、おやつとかあげられるみたいだぜ、有料だけど」

「あげたい！　あたしあげたい！」

「わ、私も！」

そして猫たちにとって、莉子と涼香の諍いなんて関係ないことだった。二人にすり寄りにゃあと鳴いて遊べとおねだりすれば、たちまち莉子と涼香は相好を崩し一緒になって遊びだす。硬い空気もみるみる解されていく。

祐真は紗雪に太鼓判を押されていたものの、不安があったのも事実。うまく事態が進んでいることに、ホッと息を吐けば、晃成もやったなとばかりに腕を小突き、笑みを見せた。

名残惜しいながらも、祐真が他にも寄りたいところがあると言って、既定の時間で店を出た。

次にやってきたのは、漫画やアニメグッズなどを取り扱う店がいくつも入った専門店のビル。

晃成が不思議そうに声を上げる。

「ここって……」

「最近色々あって来れてなかっただろ？　新刊とか、買いそびれてるのも多いしさ」

「そういや晃成先輩、バイト代入ったら例のソシャゲのアクスタコンプするんだって言ってたらしいですね。すずちゃんから聞きましたよ」

「春休みとか、お兄ちゃん一日中そのゲームしてたもんねー」

「ま、まぁな」

晃成を弄り、あははと声を上げる莉子と涼香。どうやら猫カフェのおかげで随分話せるようになったらしい。ここまでは予定通り。

その次の話題提供の場としてやってきたのが、ここである。今でこそ皆の見た目は陽キャのリア充めいた姿になっているものの、元々こうしたものに目がない。四人共通の趣味と言っていいだろう。そもそも晃成のバイトの動機自体、ハマったソシャゲの課金とグッズの為だ。

ひとたび店へ足を踏み入れれば、それぞれ好きな作品やグッズを片手に、この作品の面白いところはどうこう、出てくるキャラのここが推せる云々、今度家にあるの貸すから一度読んでみて等々、話も非常に弾む。

祐真もついおススメされた買う予定のなかったものをいくつか購入してしまい、晃成も熱が再燃したのかソシャゲのグッズを買い込んでいた。それは涼香と莉子も同じようで、皆ホクホク顔で店を出る。

随分長居していたらしく、お昼の時間はとっくに過ぎてしまっていた。ついついぐぅっとお腹を自己主張させて皆の笑いを誘った晃成が、恥ずかしそうに言う。

「にしても腹減ったな。お昼どうする？　いつものハンバーガーにするか？」

「それなんだけど、実は予約している店があってな」

「予約って、もう一時半過ぎてるぞ？　こんな中途半端な時間に？」

「あぁ、十分にお腹空かせてから向かうべきと思って」

「あ、もしかして！」

何かピンときた様子の涼香が、目を爛々と輝かす。

祐真はニヤリと笑い、ある店へと足を向けた。

やってきたのは、とあるビルのカラフルな看板が目印の店。

祐真、晃成、涼香の三人は目の前で崩しても崩してもなお悠々とそびえる甘味の山を前に青褪めた表情で、胸から込み上げてくるものを必死で堪えていた。

「うっぷ……バターが、クリームが、はちみつが、こうドスンと胃袋に響く重さ……」

「オレ、これから暑くなる季節だっていうのに、アイスがもう見たくなってきた……甘いものは好きな方だったのにな……」

「あ、あはは……あたしもちょっとこの量は予想外だったかな……」

本日のお昼の為に予約していたのは、先日涼香が興味を示していたハニートーストの店だった。どうせ皆で集まるならということで選んだ店だ。

最初はケーキやデザートサンドイッチを食べるような心づもりでやってきたものの、その見通しは非常に甘かった。まさに文字通りに。

四人がかりで取り掛かっているのは、一斤まるまるの食パンの上に、これでもかと盛られたアイスが大量の生クリームでデコレートされた上、たっぷりのはちみつとチョコレートソースが、受け皿に池を作るくらいかけられている。そこへ気合を入れ過ぎたシュガーパウダーの厚化粧。中身も中身で、溶けたバターと練乳がたっぷりと染み込んでおり、ふにゃふにゃに蕩けている。

正に甘味の暴力。見ているだけで胸焼けしてくる逸品。

真実、申し訳程度に添えられているバナナやイチゴを甘くないものと認識してしまうのを通り越して、砂漠で見つけたオアシスのように感じてしまうほどに。

覚悟を決め、力を合わせつつも、この甘味の塊を半分ほど切り崩したところで三人が死屍累々の体を見せている中、莉子だけが幸せそうに頬を緩めにこにことハニートーストを頬張り続けていた。

「ん～～～、おいし！　幸せ！　私一度、これでもかっていうほど生クリームに溺れてみたかったんですよね～っ」

「お、おぅ。それならオレの分も食っていいぞ。莉子！」

「で、できれば俺の分も頼む、油長」

「り、りっちゃん、あたしの分もよかったらどうぞ……」

「えぇ～、好きだとは言いましたけど、そんな皆の分もだなんて、悪いですよぅ」

「「「全然、そんなことないから！」」」

思わず真剣な声を重ね、遠慮の言葉を上げつつも顔を綻ばす莉子に戦慄する面々。長い付き合いだが、莉子がここまで甘いものに対して別腹を持っていることは知らなかった。

少し悪いと思いつつも、ついでとばかりに他の甘味も押し付ける。

それでも店を出る頃にはすっかりお腹を抱え、憔悴しきりながらも、何かをやり遂げた表情の祐真、涼香、晃成。そして幸せいっぱいな笑みを浮かべ、大満足な様子の莉子という姿が作られていた。

「あ、あたしもう当分甘いモノはいいかな……」

「な、なんとか食べきれたけど……」

「オレも……あぁ、なんでお金を払ってまでこんな苦しい思いをしてんだろうな……」

顔に陰を落としつつも、互いの健闘をたたえ合う隣で、近くの店のショーケースを見た莉子がはしゃいだ声を上げた。

「わぁ、特大ジャンボスカイツリーパフェだって！　気になりません、これ⁉」

「「「っ⁉」」」

信じられない生き物を見るような目で顔を見合わす祐真と倉本兄妹。

晃成は頬を引き攣らせながら、諭すように言う。

「ち、ちょっと気になるけどさ、今は腹いっぱいだし、食べ物のことを考えるのはその……」

「え～、そうですか？　私既に別腹モードというか、少し物足りなくて、さっきとは違う系統のものを口にしたいんですよね～」

「っ⁉　こ、今度にしよう、うん！」

「ん〜、そうですね。パフェは次の楽しみにしときましょ」

「あ、あぁ」

必死に話題を逸らす晃成。その様子を見ていた祐真と涼香は、これは見逃せないとばかりに引き締めた表情で頷き合い、それぞれ晃成の肩を叩く。

「お兄ちゃん、その時はりっちゃんと二人でどうぞ、どうぞ！」

「あぁ、俺たち甘いものはそれほど得意じゃないしな」

「す、涼香⁉　祐真まで！」

「ええ、晃成先輩と二人でですか〜？　まぁ別に？　私はそれでもいいですけど？」

今日のハニートーストで懲りた祐真と涼香は、巻き込まれては堪らないと予防線を張る。

裏切られたと言わんばかりの目を向ける晃成。口では少し躊躇う素振りを見せつつも、満更でもなさそうに身を捩らす莉子。

やがて、四人の間から笑い声が上がる。いつしか、いつも通りの空気に戻っていた。


その後、何をするにしてもまずは少しお腹を落ち着けようということで、広場へと移動し、ベンチに腰掛けた。休日ということもあり、周囲には多くの行き交う人々。

広場には移動販売車も乗り付けており、それらを目当てに集まってきた人たちも、祐真たちと同じように腰掛けお喋りに興じている。

ふぅ、とため息を零し、お腹を擦った祐真は話を切り出した。

「さて、どうしよう。俺がやりたいことはもうこれで全部だ。何をするにしても、しばらくは身体を動かす系のモノは勘弁してほしいところ。腹の中身が出ちまう」

「オレも。しばらくは落ち着きたいな。何かいいのない？　カラオケでも行く？」

「でも、いつものところのクーポンはないですよ？」

「うぐ、それで行くとなんか負けた気がする」

侃々諤々、話が纏まらない中、涼香がふいに「あ！」と、名案とばかりに声を上げる。

「カラオケで思い出した！　今まで値段がちょっとお高いから行ったことないけど、カラオケセロリってコスプレ衣装の貸し出しとかしてるよね！」

「え、コスプレ!?」

真っ先に食いついたのは莉子だった。

涼香と一緒にそわそわとした様子でスマホの検索を掛け、「わ、これってMUEのアイドル衣装！」「Ideaもあるよ！」と興奮した声を上げている。

そんな女子二人の様子から興味を惹かれた晃成は、顎に手を当てて呟く。

「ふむ……どういうのかちょっと気になるな」

「時間も短めにすれば、それほど金もかからんだろ」

「今日のこの流れなら、アリだな。よし、決まりだ」

そう言って晃成が立ち上がると、皆もそれに倣い歩き出す。

そしてにんまりと笑みを浮かべ口を三日月形にした莉子が、スマホ片手に晃成のそばに駆け寄り悪戯っぽく囁く。

「せっかくだから晃成先輩の好きな格好してあげますよ！　で、どういうのが好きなんです？」

「ん～、ボンテージとかバニーとか、エロいやつ！　あ、この変則チャイナも際どくていいな！」

「なっ⁉　こ、晃成先輩、私にそんなの着せたいんですか⁉」

「あぁ、身長が足りなくて絶妙にズレてる姿とか笑えるかなぁ～って」

「～～～っ⁉　み、見てなさい、すっごいの着て度肝抜いちゃうんだから！　わ、私に惚れちゃっても知らないんだからね！」

「おう、悩殺されちゃったら、思わず襲っちゃうかもな～」

「っ⁉　ま、またまたぁ～、すずちゃんや河合先輩がいる前でそんなことする度胸もないくせに～」

「あ、りっちゃんがお兄ちゃんを誘惑する時は席を外すので！」

「俺たちのことは気にせず、どうぞどうぞ！」

「すずちゃん⁉　河合先輩⁉」

祐真と涼香のまさかの返しに、あたふたとする莉子。そして何を想像したのか、顔を真っ赤にして俯けば、三人の口から笑い声が上がる。それくらいの軽口ももう、無理なく叩ける。

　そこでようやく揶揄われたことを理解した莉子は、頰を膨らませて晃成の脇腹を抓った。

「もぅ！　晃成先輩が変なことを言うから！」

「いててっ、悪かったたって！　まぁ今の莉子なら大抵のものは似合うだろ。楽しみにしとくよ」

「……調子のいいこと言って、誤魔化されませんからね」

　祐真がそんな二人を微笑ましく見守っていると、ふいに傍にやってきた涼香が揶揄うような声色で耳打ちする。

「ね、メイド服着てあげよっか？」

「っ、涼香!?」

「ゆーくん好きでしょ？　あ、でもりっちゃんやお兄ちゃんがいるところで興奮しちゃってもヤバいか……で、どう？　それでも着て欲しい？」

「そう聞かれると、見たいけどさ。中途半端で生殺しになるっていうのもキツイというか」

「あたしも色々思い出して、スイッチ入っちゃうと困るしなぁ」

「まぁ、家にあるしな。今日は新規開拓ってことでいいんじゃね？」

「なるほど、今度えっちする時の候補選び」

「おい、言い方！」

「ふひひっ」

祐真のツッコミに、悪戯っぽい笑いを上げる涼香。

するとニ人の様子が気になった莉子と晃成が話しかけてくる。

「すずちゃんたち、何盛り上がってるの？」

「ん～、ゆーくんがメイド服好きって話」

「え、河合先輩、メイド好きだったんですか⁉」

「……悪いかよ」

「祐真の推しキャラってメイドの子ばっかだよなー」

「へぇ、ちなみに晃成先輩も好きなんです？」

「嫌いな奴なんていないだろ！　一言でメイドって言っても、いろんな種類あるしさ。クラシカルなのもいいけど、ミニスカのそれも趣があるし……祐真はどういうのが好みなんだ？」

「俺は――」

そんな話をしながら、カラオケセロリを目指す。

どんどん盛り上がっていく中、どうせなら男子陣もという流れになり、妙に乗り気になる晃成。やがて「オレ自身もメイドになる！」と叫びだし、やけに興奮した莉子と涼香が祐真にまで着せようとしてきたので、慌てて見る専を主張する。

そんな風に和気藹々と歩き、とある店の前を通りがかった時、ふいに莉子が歓声を上げた。

「わぁ、初夏限定レモンチーズシュークリームだって！」

きらきらと目を輝かせる莉子(りこ)。信じられないと瞠目(どうもく)する祐真(ゆうま)に涼香(すずか)、晃成(こうせい)。

店からは丁度シューが焼き上がったのか、甘い香りが漂ってきている。いろんな意味で思わずお腹を押さえる面々。

その場で立ち尽くすことしばし。

やけにそわそわしている莉子を見かねた晃成が、ぎこちない笑みを浮かべながら言う。

「あー、気になるなら買って来れば？　オレたちはここで待ってるしさ」

「えぇぇ〜、私だけ悪いですよぅ」

「いやいやいや、パッと行ってくりゃすぐだし、早くいかないと列ができちまうぞ」

「むむむっ」

そうしているうちに匂(にお)いにつられたのか、徐々に人が集まってきている。

そのうち行列ができるのは想像に難くない。莉子は難しい表情で考え込むことしばし、「じゃ、ちょっと行ってきます！」といって小走りで駆けていく。

その背中を見送った三人は顔を見合わせ苦笑い。晃成が呆(あき)れたように口を開いた。

「よくまだ甘いものが食べられるよな」

「ねー、お腹の構造があたしたちと違うのかも。すごいよね」

「まぁでも、あの食べっぷりは見ていて気持ち――うん？」

そんなことを話していると、ふと祐真の耳に騒(ざわ)めきが聞こえた。

そちらの方を見てみれば、莉子が見知らぬ男性二人組に話しかけられている。その表情を見るに、どうも道を尋ねられているとかではないらしい。

祐真は眉根を寄せ、指を差す。

「あれって、油長――」

「っ、莉子！」

「お兄ちゃん!?」「晃成!?」

莉子の様子を見るや否や、晃成は莉子の名前を呼びながら遮二無二駆け出した。

男たちと莉子の間に強引に割って入り、ギュッと莉子の肩を抱き寄せる。

突然のことで茹でダコのようになる莉子。

晃成が何かを言ったようで、彼らは舌打ちしながら去っていく。

そして晃成は赤面した莉子の手を引いて戻ってくるなり、バツの悪い顔で言う。

「っと、一人で行かせるべきじゃなかったな、すまん」

「べ、別に謝らなくても。それに晃成先輩がちゃんと助けに来てくれましたし」

「そりゃ莉子に何かあったらって思ったら、誰が相手でも助けにいくさ。当たり前だろ？　莉子はその、まぁオレにとって特別というか……って莉子自身もさ、もうちょっと自分が可愛いってことを自覚しろよな」

「か、可愛っ」

「――ぁ」

ふと晃成が漏らした可愛いという評価や特別視するような発言に、みるみる顔を真っ赤にする莉子。

それを見て初めて、自分が言ったセリフに気付く晃成。同じくみるみる顔が赤くなっていく。

「……晃成先輩、私のこと可愛いって思ってくれてたんだ？」

「い、いやその今の莉子はオレじゃなくても可愛くないって思うやつなんていないだろっ」

「それに、特別って……」

「あーもぅ、いいからっ！　か、カラオケ行こうぜ！」

「………ぁ」

そう言って手を離し、目的地へと向かい始める晃成。後ろから見ても、耳まで真っ赤なのがよくわかった。そして、晃成にとって莉子が特別な相手だというのも。

胸元でキュッと拳を握りしめ、晃成の言葉を嚙みしめる莉子の傍へ、涼香が駆け寄り囁く。

「やっぱりこんなの見せられるとさ、脈がないとは思えないけど」

「うん、だから晃成先輩の好みを変えようと思って、長期戦なんだ」

「……そっか、てことはこないだ余計なこと言っちゃったね。ゴメン」

「ううん、こっちこそゴメン。正直焦りがないわけじゃないしね、カッとなっちゃって」

そう言って莉子が手を差し伸べれば、すかさず涼香が摑む。二人からえへへと笑い声が漏れる。完全に仲直りした証拠だった。

やはり、涼香と莉子にはいつだって仲良くしていて欲しいと、祐真は目を細める。

するとその時、先を行く晃成から「おーい」と呼ぶ声が聞こえてきた。

莉子は涼香にはにかんだ後、駆け出して晃成の隣に並び、憎まれ口を叩き出す。

「どうしたんですか、晃成先輩？　一人で寂しくなりました？」

「違ぇって！　何してるのかなーって気になってさ」

祐真はそんな二人の仲睦まじい様子を眺めながら、しみじみと呟く。

「……ったく、お似合いだよな」

「うん、ほんとそう」

涼香もまた、つくづくといった声色で同意を返す。互いに顔を見合わせ、くすりと笑う。

そして涼香はスッと目を細め、こてんと肩に頭をのせて囁く。

「それからゆーくん、あたしのために、今日は色々頑張ってくれてありがと」

「別に、涼香だけのためじゃないさ」

「そっか」

その時、再び前方から晃成と莉子がこちらを呼ぶ声が聞こえてきた。顔を上げ、目を合わせた祐真と涼香は、親友たちに見つからないようこっそりと手を繋ぎ、追いかける。

そして祐真と涼香は、つくづく心の中で思うことがあった。

——恋愛ってホント、面倒臭い。けどあの二人は、ちょっと眩(まぶ)しい。

あとがき

はじめまして、もしくはこんにちは、雲雀湯（ひばりゆ）です！　正確にはどこかの街の銭湯・雲雀湯の看板猫です！　にゃーん！


いきなりですが実は私、小学館公募受賞作家だったりします。

もっとも獲ったのは別名義、というか本名で小学館新人コミック大賞だったりしますが！

はい、元々は漫画畑出身でした。

それが紆余曲折あって、再び小説という媒体に変わり、小学館のガガガ文庫様でこうして物語を書かせていただく機会が得られました。奇妙な縁を感じますね。


早速ですが『愛とか恋とか、くだらない。』通称あいこい、いかがだったでしょうか？

テーマは〝純愛〟です。

好きと恋と愛の境目ってなんでしょう？　気が付いたら好きになっていたというケースもあるだろうし、明確なきっかけで好きになるということもあるかもしれない。人によって千差万別で、そしてきっと当事者でもよくわかんないと思うんですよね。

　またこの年頃だと、恋愛は性欲とも切っては離せない。

　それだけでなく、周囲への承認欲求や虚栄心とも。思春期ともなれば、なおさら。

　主にラブコメをメインに書いている作家として、是非とも挑戦したい題材でした。

　この作品ではそういったところを祐真（ゆうま）と涼香（すずか）、そして晃成（こうせい）と莉子（りこ）を対比させるようにして描いています。……とはいえ内容に関して作者本人としても、これええんやろか？　かなりチャレンジャブルかつセンシティブな内容じゃ？　と戦々恐々していたりしていますけれども！

　その辺りに関しての表現の仕方も、編集、校閲サイドと一緒に最後の最後の方まで頭を悩ませ、エロでなくエモになるよう目指して調整していきました。どうだったかな？　そう感じてもらえたらいいな。


　ところで作品の舞台ですが、私の地元である奈良がモチーフになっています。まぁ、細部は結構変えていたりしますけどね。金魚モールのモデルになったところとか、最寄りの電車の駅から遠いので、学校帰りに気軽に寄れるところじゃないなぁ、なんて思いながら書いていたりも。ってことで、作中では駅から帰り道に途中下車して、気軽に寄れるような場所になっています。これくらい、いいよね？

　しかし金魚モールのモデルのところ、ちょくちょく学校帰りと思しき制服姿の学生さんたちも見かけるんですよね。どうやって来てるんだろう？　自転車で寄ってたりするのかな？　一応駅からもバスが出ているみたいだし、そっちなのかな？

　ちなみに私の学生時代、金魚モールはまだ出来ていませんでした。代わりに学校近くに別のモールがありまして、そちらを利用した時のことを思い出しながら書いたり。放課後、主に本屋目当てで足繁く通ったものです。皆さんにもそういう気軽に寄るような場所、あったりするかな？　余談ですが、残念ながら私がよく通っていたモールは、つい二、三年ほど前に閉店してしまいました。もう記憶の中でしか通えないとなると、物寂しいですね……。


　閑話休題。

　奈良がモチーフってことで河合（かわい）、倉本（くらもと）、油長（あぶらなが）、上田（うえだ）、中谷（なかたに）、といった登場人物の名前も、奈良の酒蔵から拝借していたりします。お酒、大好きです！　奈良は日本酒発祥の地ともいわれる場所、美味（おい）しい地酒が多いですよ～。


　さて、まだまだ物語は始まったばかり。

　きっと、これからもちょっとしたことがきっかけで、彼らの関係や取り巻く状況、様々なことが変化していくことでしょう。

　そんな彼らの青春模様を楽しんでいただき、彼らを見守り応援していただければ幸いです。

紙面も残り少なくなってきました。
最後に編集の大米様、細かな相談に提案、指摘などお世話になりました。イラストの美和野らぐ様、作品を彩るエモくて透明感あふれる美麗な絵をありがとうございます。私を支えてくれた全ての人と、ここまで読んでくださった読者の皆様に心からの感謝を。これからも応援してくださいね。具体的にファンレターを送ってくれると励みになるだけじゃなく、こうなんか色々といい感じになっちゃうので、ぜひ送ってください。

え、ファンレターに何を書いていいかわからない？
一言、『にゃーん』と書くだけでいいんですよ！

にゃーん！

令和六年　九月　雲雀湯

GAGAGA
ガガガ文庫

愛とか恋とか、くだらない。

雲雀湯

発行　2024年10月23日　初版第1刷発行

発行人　鳥光 裕

編集人　星野博規

編集　大米 稔

発行所　株式会社小学館
〒101-8001 東京都千代田区一ツ橋2-3-1
[編集]03-3230-9343 [販売]03-5281-3556

カバー印刷　株式会社美松堂

印刷・製本　TOPPANクロレ株式会社

Printed in Japan ISBN978-4-09-453215-9

第20回小学館ライトノベル大賞
応募要項!!!!!!!!!!!!!!!!!!!!!!!!!!!

ゲスト審査員は裕夢先生!!!!!!!!!!!!!!!

大賞：200万円＆デビュー確約
ガガガ賞：100万円＆デビュー確約
優秀賞：50万円＆デビュー確約
審査員特別賞：50万円＆デビュー確約

第一次審査通過者全員に、評価シート&寸評をお送りします

内容 ビジュアルが付くことを意識した、エンターテインメント小説であること。ファンタジー、ミステリー、恋愛、ＳＦなどジャンルは不問。商業的に未発表作品であること。
（同人誌や営利目的でない個人のWEB上での作品掲載は可。その場合は同人誌名またはサイト名を明記のこと）

選考 ガガガ文庫編集部＋ゲスト審査員裕夢

資格 プロ・アマ・年齢不問

原稿枚数 ワープロ原稿の規定書式【１枚に42字×34行、縦書き】で、70～150枚。

締め切り 2025年9月末日 ※日付変更までにアップロード完了。

発表 2026年3月刊『ガ報』、及びガガガ文庫公式WEBサイト GAGAGA WIREにて

応募方法 ガガガ文庫公式WEBサイト GAGAGA WIREの小学館ライトノベル大賞ページから専用の作品投稿フォームにアクセス、必要情報を入力の上、ご応募ください。
※データ形式は、テキスト(txt)、ワード(doc、docx)のみとなります。
※同一回の応募において、改稿版を含め同じ作品は一度しか投稿できません。よく推敲の上、アップロードください。
※締切り直前はサーバーが混み合う可能性があります。余裕をもった投稿をお願いします。

注意 ○応募作品は返却致しません。○選考に関するお問い合わせには応じられません。○二重投稿作品はいっさい受け付けません。○受賞作品の出版権及び映像化、コミック化、ゲーム化などの二次使用権はすべて小学館に帰属します。別途、規定の印税をお支払いいたします。○応募された方の個人情報は、本大賞以外の目的に利用することはありません。